從美國軍官到華文翻譯家

——葛浩文的半世紀臺灣情

Howard Goldblatt
葛浩文——著
林麗君——編

「刷牙不忘救國」、「救國不忘刷牙」？來臺灣時，尚是戒嚴時期，到處有憲兵，黑色坦克車在街上轟隆而過。有一天走過了基隆河的大橋，路過小小的動物園，看見路邊有漫畫式的黑人面孔，賣的是黑人牙膏。幾十年後重看當年照片，才發現上面還有「蔣中正是中華民族的救星」。

臺北的美而廉餐廳，是當年很愛去的「老地方」，後來易主、重建，也失去了一個吃飯的好地方。

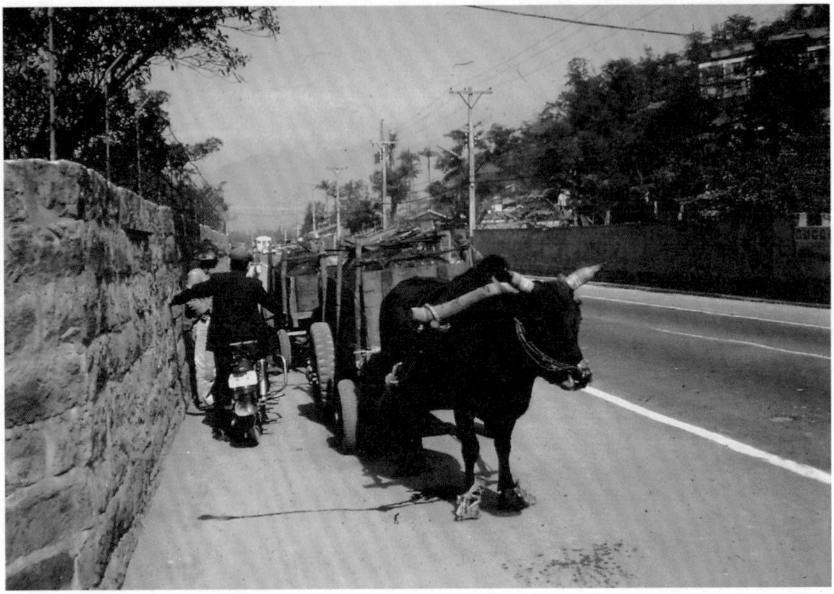

一九六三年，在中山北路上，除了遇見一群群的美女外，又瞧見一輛牛車，我心裡想這個地方真可愛，我一定會喜歡。

第一次到臺灣時，各式各樣，五顏六色，用中國字書寫的商店招牌等等，怪有趣的，但最能引起我注意的仍是中山北路的景物，因為一轉入這又寬又熱鬧的街道，便看到了第一部三輪車（起先為車夫感到心酸，但後來認為這樣的交通方式相當文明）。

一九六三年臺北東門。

家族寫真

(左起)我、父親、弟弟，攝於一九六二年加州的家後院。

一九六三年與媽媽的合影。

二○一二年十二月十日，與林麗君、莫言攝於瑞典諾貝爾文學獎晚會會場。第一次讀到莫言的作品時，很喜歡，立刻寫信給莫言，希望能翻譯他的小說，第一部翻譯出來的是《紅高粱》，後來陸續翻了他其他的作品。二○一二年，莫言獲得諾貝文學獎，諾貝爾文學獎評審委員會會長告訴我：「如果沒有你的英文翻譯，我們這些委員就沒辦法欣賞那麼多莫言的作品了。」

二○一四年獲頒倫敦大學榮譽文學博士。

【推薦序】

殺夫結下的情緣

李昂

《從美國軍官到華文翻譯家》這本書中詳細地談到了與臺灣的結緣，將許多作品譯介到國際舞臺，可以說是另外一部臺灣文學史的書寫，提供了英語世界的臺灣文學面相，其重要性可見一斑，也會是研究這個階段的臺灣文學必用的書籍。

這標題看來聳動，好似真的得把一個丈夫殺了，然後才結下另外一段情緣。

事實上當然並非如此，殺夫是殺了，結的是一段超過三十年、而且還要繼續的情緣。

二〇一五年九月中旬，我排除兩個必須參與的活動，特別飛到北京，參加一個N.G.O.舉辦的女性影展，為了要看《殺夫》，這部由我同名小說改編的電影。

離一九八六年《殺夫》影片拍成，至今已經三十年。這件事情對我如此重要，因為《殺夫》小說的確在我的人生當中，造成許多重大的、不可改變、不可磨滅的影響。

再回到一九八三年夏天，我從長達一個月的歐洲之旅回臺，看到《聯合報．副刊》寄來的一封信，《殺夫》小說獲得是年的中篇小說首獎。

真的是高興的時間很短，接下來面臨到了我這一輩子因寫作而來真正重大的壓力。但另外也帶來了對我影響終身的重大契機——那就是與國際接軌的實質機會。

我從小真的是看西方的翻譯作品長大的，我的家裡有六個兄弟姊妹出國讀書，我自己在美國受研究所教育。國際對我們來說一直是一個必要的選項。可是我所謂的創作實際與國際接軌，仍是過去從來不曾設想過的。

最開始到來的是國際會議，而且都是透過西方教授學者專家的安排。經由德國漢學教授馬漢茂先生的安排，我到德國開了生平第一次盛大的國際文學會議，認識了來自世界各地的漢學者，還有，這也是我第一次有機會見到來自中國大陸的作家。

接下來的是《殺夫》翻譯成為外文的機會。最早開始來和我洽談英文翻譯的是一位年輕的美國學生，在還沒有來得及答應之前，我見到了葛浩文教授，相談甚歡有了合作的計畫。葛浩文教授經過努力，也得到了美國西岸一家文學出版社的出版機會。

最先出的是精裝本，得到了媒體廣泛的討論，這樣一本非大出版社出版的小說，有了《紐約時報》、《洛杉磯時報》、《舊金山紀事報》等等的書評，接下來雜誌的評論，平裝版的出版，也連帶著英國一家出版社出平裝版，到目前為止，仍是網路最容易購得的英文版。

德文版由馬漢茂教授的學生翻譯，期間以英文版相互參照翻譯完成。有些其他語言的翻譯，往後我也由翻譯者口中得知，他們會參照英文版本。我由此深切知道英文版出版的重要性，許多外國出版社，不見得有懂中文的閱書者，但英文是共通的世界語言，由此來決定選書，是極為重要的管道。

法文版由法國著名的教授貝羅貝先生親自翻譯，還上了法國《世界報》大版的介紹。亞洲方面，日文版的翻譯由東京大學藤井省三教授大力協助。之後翻譯並出版了《迷園》、《自傳の小說》兩本作品。

臺灣本地的推廣力量在這個階段我並不曾受益太多，理由當然是因為我寫的小說絕不符合當權者的文化政策，更不是要向國際推廣的。我都還深切的記得，英文翻譯過程也向臺灣方面尋求翻譯出版的可能協助，一位掌控文化資源的女教授悍然拒絕並阻擋，認為殺夫這樣的作品外譯有損臺灣的國際形象。

我自己從年輕時與臺灣的反對運動異議分子來往，當然知道「歡喜做、甘願受」的道理，也有這樣承擔的準備和勇氣，只希望繼續書寫我自己想要寫的。早年《殺夫》在不同的國家出版之後，帶來打書的機會，如果對方只是落地招待，當時不知道、也沒有機會得到政府機構的補助，得自付機票，這便得感謝我父親在經濟上的多方面支持，尤其是他早年送我去美國讀書，訓練了我基本的英文能力，這對我在跑這些國際場合，有很大的幫助。

這給了我實質上和國際文化深一層的親身接觸，旅行便不再只是走馬看花，而是和在地的文化工作者有更多參照的機會。我必得承認，如此真的形成了我很主要的國際觀，特別是像我這樣有強烈的臺灣主體性、並且以臺灣作為我創作最主要來源的作家，讓我能夠用一種更宏觀的眼界，來建立我個人的文學視野，而不至只拘泥於在地。

用我個人來談葛浩文夫婦這些年翻譯臺灣文學，之於作品、作者的重大影響，是想要作為一個例子來談翻譯的重要性。《從美國軍官到華文翻譯家》這本書中詳細地談到了與臺灣的結緣，將許多作品譯介到國際舞臺，可以說是另外一部臺灣文學史的書寫，提供了英語世界的臺灣文學面相，其重要性可見一斑，也會是研究這個階段的臺灣文學必用的參考書籍。

之於我，更重要的是這些翻譯者，往後都和我成為多年的好友，可惜馬漢茂教授早過世，葛浩文、藤井省三和他們的家人，我們都有三十年以上的往來，這樣的情誼，已經遠遠超過只是一般的原著和翻譯者的關係，我至為珍惜，當然也會繼續維持。

我們之間會因為不同的看法，而對於翻譯的結果有所爭執嗎？過去倒是從來沒有發生過。我的外文能力極為有限，不至有任何意見與看法。只有最近葛浩文和林麗君翻譯我的小說《鴛鴦春膳》，對於篇章的選擇，有不同的看法。經過很簡單的討論，我相信翻譯者的判斷，他們身在國外，對於所在地的書市有更多的了解。

晚近葛教授的妻子林麗君教授加入了翻譯，成為「葛氏夫妻，品質保證」。對於林麗君教授在完全沒有任何奧援的狀況下，開始翻譯我的小說《迷園》，並得到哥倫比亞大學出版，我更是只有說不出的感謝了。

中國大陸的崛起，絕對真正的壓縮了臺灣文學的國際空間，特別是，華文書籍的出版，似乎熱潮已過。中國大陸的小說要翻譯出版，都有一定的困難，更遑論地位未定、不是那麼多人知道的臺灣。

如同我前面所言，英文翻譯還是外譯的一個最重要的基本。成功的將莫言推上諾貝爾文學獎之後，葛浩文夫婦願意不計代價的翻譯臺灣的作品，更令人感佩。

這個時候，我們更期許與臺灣有深厚淵遠的葛氏夫婦，能繼續為臺灣文學翻譯努力。

目次

前言

二〇一二年十二月十日，在一個冰天凍地的國度，我夾雜在一千兩百多位來自世界各地的貴賓行列中進入一個大廳。身邊的女士們身著各式各樣的晚禮服，珠光寶氣，而男士們（包括我在內）則是一式的黑色燕尾禮服打白色蝴蝶領結，這是我平生第一次如此盛裝，擔心領結沒打好，不時要去扯一下。大廳裡擺著數十張長桌，鋪著雪白上漿的餐桌布，桌上的杯子已經盛滿淡黃色的香檳。來賓們手中拿著一本座位安排冊子，查看桌上的牌子，各自尋找座位。好不容易坐下來以後，免不了要東張西望，看看富麗堂皇的擺設，和座位附近的人打個招呼，忙得不亦樂乎。突然一位身材高大，頭髮已經發白但精神奕奕，頗有威嚴的紳士，向我的座位走來。他滿臉笑容，讓我有點不安，開始在我堆滿記憶的儲藏室——腦子——去尋找這個人的名字。我認識他嗎？

還好，他自我介紹了，原來是諾貝爾文學獎的評審委員會會長。

「葛先生，我要恭喜你。」他向我伸出右手來握手，「我也要告訴你，如果沒有你的英文翻譯，我們這些委員就沒有辦法欣賞那麼多莫言的作品了。」

我當然很謙虛的說了幾句客套話，他離開以後，我對面一位女士說：

「原來你就是莫言的翻譯！我一直想知道你的中文在哪裡學的。」

「在臺灣學的！」

我沒有說的是：一九六二年，第一次到臺灣時連臺灣在哪裡都不知道，更不要提會不會說中文了。

當年「老美」到臺灣大部分是跟美軍有關，少數是去傳教或學「國語」。我是被美國海軍派去中美協防司令部（USTDC）服兵役。那年我才二十三歲，傻傻愣愣的一個標準的南加州美國青年，成天不務正業，在海灘玩耍，大學功課一塌糊塗。當我從美國海軍軍官的訓練學校畢業後，長官告訴我，我不上大西洋的軍艦服役，也不上太平洋的軍艦，他們打算派我去臺灣工作，我點頭稱是，規規矩矩的接受上頭的命令。隔幾天那個長官把派遣書遞給我，我接過來一看，愣住了。不是去臺灣，是去臺北！我氣急敗壞的問他，「你們在搞什麼鬼呀？到底是要我去臺灣還是去臺北？」

五十年後的今天想起自己當年的無知，只覺得好笑，不會再臉紅了（很有意思的是，我的一些臺灣南部長大的朋友跟我說，臺北真的不是臺灣喔。想想我當年的疑問不但是一個「美麗的錯誤」，甚至是一個預言！）。半個世紀過去了，我不僅到過臺灣無數次，住過幾年，也結交了許多終生的好友，更由於這些朋友以及機緣湊巧經歷臺灣的各種變遷，可以說是跟著臺灣一起成長。回顧這過去五十多年的臺灣，有我成長的痕跡，有學習國語的道路，有多少難忘的回憶，有我翻譯過的臺灣作家與作品，更有許許多多令我敬佩的臺灣人。我熱愛臺灣的種種，經常跟朋友說臺北是我的第二個故鄉。總之，臺灣，臺北，我都喜歡！

人生可有幾個半個世紀呢？時間的流逝幾乎完全抹滅了以前的那個臺灣，而一些朋友也早已棄世，想想或許我該提筆把過去的臺灣／臺北，我個人的經歷及其他種種記下來，不是自傳，也不是回憶錄，而是紀錄我半個世紀的臺灣情。

戒嚴下的日子

我與臺灣半個世紀的關係，有一半是在戒嚴中過的。

到臺灣之前之後，美國軍方常常「告誡」我們，說我們在國外代表美國，但是可能因為美國人比較個人中心，我不太去想自己在國外代表美國的「責任」；也不覺得我有必要去向世界各國「推銷」美國，那是「美國之音」和美國新聞處的工作，跟我沒關係。上大學的時候我就已經讀過一九五八年出版的《醜陋的美國人》，要到臺灣之前免不了會想起書上寫的那些在東南亞的美國人是如何傲慢、腐敗又無能。但是，書上的主題強調的是美國駐外官員所犯的錯誤，以及國內的意識型態使整個國家的反共政策越來越狹隘可笑，對我來說，個人行為才是最重要的，在臺灣我可不願意別人認為我也是一個醜陋的美國人。

第一次到臺灣時對於戒嚴並沒有什麼特別的感覺。當然我注意到到處都有憲兵，有時甚至有黑色的坦克車在街上轟隆而過，雙十節的慶祝活動完全是在展示軍事戰鬥能力，那時只覺得亞洲國家差不多都是這樣吧，就和我在電傳機上讀到的中國一樣，都是軍事獨裁專政的國家。後來第二次來臺灣，到臺北工作時，我無意中看到柯喬治（George Kerr，在臺灣好像音譯為柯超治）的《被出賣的臺灣》（*Formosa Betrayed*）和《一桶蚵仔》（*A Pail of Oysters*，作者是Vern Sneider，不知中文譯名為何），但是不知為什麼那時並沒有把書裡寫的和我周遭的環境連繫起來。現在想想，有可能是因為當時還年輕，政治敏感度不高，也可能是因為我是美國政府派去臺灣協助當權的國民黨政府防衛臺灣安全，因此不去質疑自己政府支持的人，因為軍人的最高宗旨就是服從命令，而我的工作也要求我保守機密，兩者我都做到了；當時的我，是不可能去質疑美國政府為何支持一些獨裁政府，包括臺灣，更不可能質疑上頭派給我的任務。老實說，一個在他國作客的人要對這個國家的政府、社會制度或人民持敵對態度是很不容易也不可行。如果你強烈反對，那你的作客期限很快就會到。

當然，戒嚴的例子隨手可得——比方，從美國運來的《時代》和《新聞周刊》等雜誌的封面，只要有毛澤東或林彪的像一定會被打上一個巨大的X，還有，盜版的百科全書沒有任何有關中國共產黨員的項目（百科全書從A到Z，到了Mao Zedong、Lin Biao、或Zhou Enlai，那一頁就完全是空白的；正版的就是全部塗黑），外文書報所有敏感字眼都被抹黑。那時候的美國也在「反共」，所以臺灣把這些共產黨人的名字塗黑似乎也不為過。至於其他迫害持異議的知識分子，濫抓無辜閉門審判等等白色恐怖時代常見的事，我聽都沒有聽過。要一直到美麗島事件爆發，成為國際新聞後我才確切了解。不過，也不是完全無知：比方說，我後來在日本認識一些流亡的臺灣人，就是因為不見容於蔣介石的政權，或者堅決反對蔣家與政策，有的甚至放棄中華民國護照，改持聯合國護照。其中我印象最深刻的是連根藤，自我放逐日本，生活極端艱苦，常常就是一碗白米飯配一條醃蘿蔔，寧可如此也不願回臺灣做中華民國的公民。總而言之，我覺得對一個美國人來說，在戒嚴下的臺灣過日子是很特殊的，我們算是某種「特權」階級吧。且讓我循序漸進，一一說來：

一九六〇年代初期的臺北對一個年輕單身的美國軍官來說，無疑是個天堂。美元對臺幣的匯率讓每一個美國人都顯得很有錢，相比之下，臺灣吃的東西不但美味而且便宜，計程車滿街都是，隨手一招，不管到哪裡都行而且便宜得很（來臺灣之前，我好像沒有坐過一次計程車）。有時甚至連手都不用舉起來，因為計程車司機都知道外國人不坐公共汽車，不騎腳踏車，也不愛走路，是最佳乘客。最重要的是，每個人都對我很好，非常客氣友好，我剛開始不會說中文，他們也不以為怪，總是盡力幫我的忙。老外有老外占便宜的地方，當然也有吃虧的時候，有些商店免不了要藉機敲詐，多算我幾塊錢，反正我們老外都很有錢嘛，習慣了就好了。臺灣我來來去去已經數不清有多少次了，可是從來沒有被搶過，東西沒有被偷過（除了小狗被偷那次以外，容後敘），在路上也沒有被劫過，沒有和當地人有過口角。不管在哪裡即使走丟了，我也不怕，隨便找個人問路，總是有人非常熱心的給我指路，如果不遠，甚至也會陪我走一趟。倒是第一次到臺灣時，我自己有一天晚上喝多了，看到路邊有一輛三輪車，一時興起，就跳上去騎了幾條街；後來想起總是對那個三輪車夫非常抱歉愧疚，不知道他早上起來看到車丟了，心裡是如何的著急，一家不知幾口是否完全靠他一個人蹬三輪車養家；這大概可以算是醜陋的美國人的行為吧。

頭兩次到臺灣工作期間，我沒有電視——後來我知道臺灣的第一家電臺，臺視，是一九六二年秋天正式開播，不過我當時也看不懂——也沒有什麼大型的體育活動，搬離劍潭以後（容後敘）我就很少有「狐朋狗友」邀我去玩樂，除了上下班，我作什麼娛樂？看電影。好玩的是，到臺灣以前，我其實不那麼愛看電影。小時候常和父母去看，上了中學以後大概不願跟父母出門又找不到人跟我去，所以就很少去看了。五〇年代的美國很保守，是不能隨便邀一個女孩子去看電影的，到了六〇年代性解放開始了，不巧我人剛好不在美國，所以完全錯過了那個「亂」愛的時代！到臺北以後，卻常常去，當然大部分是看美國進口的電影。第一次去臺北的戲院看電影，燈一暗，大家全站了起來，我莫名其妙的以為電影取消了，大家都要回家了，沒有，觀眾就原地站著。然後一種嚴肅的音樂響起，螢幕顯示各種不同的黑白影像，有飛機什麼的好像軍事演習，也有蔣介石。後來我才知道音樂是中華民國〈國歌〉，不知道是誰規定的，每次看電影以前都要演奏〈國歌〉，觀眾起立肅敬，甚至還有人跟著一起唱〈國歌〉呢。為什麼要演奏〈國歌〉？有人跟我說是為了加強人民的愛國精神，也有人說是為了跟人民強調即使在享受看電影的樂趣也不應該忘記祖國。現在想想，不管是什麼原因都有點可笑。聽說後來取消以後，剛開始還有人非常不習慣，燈一亮就要站起來呢。對一個美國人來說，要站起來肅立致敬，實在不容易，每次我都是最後一個站起來的，最先坐下。後來慢慢習慣了。當然美國人也有美國人顯示愛國的「怪招」——運動比賽開始前一定要演奏〈國歌〉，大家也都要站起來，坐著也可，但旁邊的人會看你，讓你很不好意思。天下烏鴉一般黑，對不對？不習慣的還有滿地的瓜子殼、花生殼、橘子皮、菸蒂以及隨地吐痰，但也有好處，就是可以在戲院抽菸，看沒有剪過的外國片。很有意思，當時的新聞局恐共，只要跟「馬」有關係就要禁，最好笑的是，新聞局的檢查官員一般英文都不是特別好，很多黃色的雙關語他們根本不知道，當然就放行了，我常常是戲院唯一可以聽得懂的人，一個人哈哈大笑，大概曾經被人認為是神經病。不過，我也有吃虧的地方：中文和英文句子結構常常對調，所以電影對話翻譯成中文時，英文笑話的重點被搬到句子前邊，其他觀眾看到字幕就開始大笑，笑得那麼大聲讓我聽不到英文原文裡的重點，常常錯過了好笑的地方，幾次以後，挫折感太重，決定再也不去看喜劇片了。

我當時不看國語片，除了聽得吃力以外（某些片子有字幕，但是中文加英文的字幕特別小），也覺得沒什麼意思。那時臺灣自己出產的國語片水準不太高，戲院放許多香港來的功夫片，我也沒興趣。直到有一天，被人半拉半哄的去看了一部香港電影，說是首映之日，不去可惜。人家跟我說，電影改編於一個非常有名，人人都知道的故事：一個女孩女扮男裝去上學，愛上了同班同學，但父母反對因此殉愛了。啊，這不是羅密歐與茱麗葉嗎？朋友說，「不對，羅密歐與茱麗葉為愛而死，死了就死了，中國的那對可不是哦。」被吊了胃口，我就跟著去了。原來他們最後變成蝴蝶了，還好我沒有錯過。讀者一定猜得出那就是《梁山伯與祝英臺》，說是當時最出名最受歡迎的電影一點都不為過。那一天看的是黃梅調版，不要說是美國人，可能臺灣人也不一定看得慣，我想不起自己當初的反應了，大概是因為注意力全在一個演員身上，那就是凌波。回家以後，我問了人知道故事詳細情節以後，又回去看了一次。後來我聽說有些觀眾反反覆覆不知看了多少遍，邵氏電影公司的負責人實在太感動了，就讓他們免費回去看！

當然那個時候我並不知道樂蒂其實沒有唱，真正是由別人唱的，樂蒂只是對嘴假裝而已。也不知道凌波主演這個電影，以及其他的片子，得了許多獎，是一個大紅特紅的明星，我只覺得她太迷人了。所以當我知道她將從香港到臺北來為一部新片子打廣告，我馬上託朋友幫我買票，興沖沖地跑去了。我坐在前排，目不轉睛地盯著她，十足是一個百分之百的「粉絲」。《七仙女》上演時，我也迫不及待地買了票去看（倒沒有一看再看）。之後，我的「凌波熱」退燒了，雖然常常不知不覺就會哼「我是一個大笨牛，一個大笨牛」，她之後拍什麼電影我完全不清楚，也沒有興趣再去查看。一直到許多年後，在《紐約時報》上讀到一篇李安的採訪，他提起《梁山伯與祝英臺》對少年時代的他有多麼大的影響，真是於我心有戚戚焉，我一時衝動，坐下來給李安寫了一封信，跟他說我當年的經驗和自己如何為凌波著迷，託李安以前在紐約大學上電影課的一個同學轉給他，當然他沒有回我的信。

除了看電影以外，我自然還有別的消遣，比方去逛故宮，歷史博物館，到基隆，高雄，左營，臺南，臺中和太魯閣等地去觀光。教師節時我到孔廟去看祭孔大典。一九七九年我帶學生去臺北上中文暑期班時，有機會去參觀一所國劇學校，看幾歲大的小孩練習各種武打的動作。也到淡水的老街走走，到士林夜市去吃小攤，買廉價的紀念品或寄或帶回美國給父母或留著自己觀賞。

頭兩次到臺灣時，由於語言不通，和當地的臺灣人之間有很大的隔閡。後來開始學中文以後，慢慢地可以跟許多人交談，但是也只限於「國語」，臺灣話不通，主要的原因是周圍的人都不說臺灣話，不知道他們是不是外省人不會說還是本省人不願意說。後來知道是政府的推行國語運動，特意貶低臺灣話的地位，說臺灣話的人被認為是比較粗俗，沒有受過什麼教育。到中南部就不一樣了，在那裡到處都可以聽到，但是我先是因為工作的關係而後來則是因為作研究，一直都在北部「鬼混」，所以接觸到臺語的機會就少多了。等到我回美國，上研究所，拿到學位開始教書，看了一些有關臺灣歷史的英文書，對臺灣的政治文化歷史情況有比較深的了解以後，我對臺灣的語言狀況也有了新的認知，不再像六〇年代時那麼膚淺，也開始對臺灣話有興趣，總要找機會學上幾句，當然也設法找機會用。

臺灣話開始得到應有的地位，當然是要到解嚴以後，而戒嚴時期的各種限制也是要到後來不再是禁忌以後大家才完全了解。之前，我個人倒碰到一件特別「有趣」的事，讓我深深感受到戒嚴的滋味，我也更深刻了解我所知道的臺灣只是片面的，甚至可以說是當時的國民黨政府呈現出來給像我這樣的外國人看的。我開始在舊金山大學上碩士班，跟許芥昱教授上中國現當代文學課。有點自不量力的想試著寫作，就模仿我最喜歡的朱自清的散文風格，寫了一個短篇雜文，題為「街坊公園」，描寫舊金山住家附近的一個小公園。然後把文章送給許老師看，他幫我改了幾個錯誤，說基本上不錯，也許可以在臺灣的報刊上發表。這對我來說實在不可思議，我就答說，「不敢，不敢，只是寫著玩兒的而已。」許老師大概是要鼓勵我，就馬上說他幫我投到《中央日報》去試試看。後來因為功課忙，把文章的事全忘了，過了幾個星期，許老師找我去，跟我說《中央日報》把稿子退了，但是沒有說明原因，很奇怪。我那時完全不了解文化圈的事，也不知道退稿沒有說明原因有什麼特殊含義，但許老師比較敏感，他認為情形不太對，或許跟他本人有關係。那時許老師的《周恩來傳》出版了，在世界各地都很受重視，在臺灣也不例外，只是他們重視的重點不一樣。他決定再投一次，這次先寄到他在臺灣的一個親戚那裡，讓他代為投寄到《中央日報》。許老師猜對了！不到兩個星期我的文章就在《中央日報》上登了出來了。好多年後，我寫的一篇介紹一位大陸畫家新問世的畫冊登在《人民日報》，我可能是唯一一個在海峽兩岸的黨報上發表過文章的外國人。

另外還有一個類似的事件：一九八〇年中，我寫了一篇文章投給《聯合報》，題名為「中山北路與我」（被報社的編輯改成「中山北路再見」，理由是我翻譯過黃春明的《莎喲娜啦．再見》，真是豈有此理。）。文章主要談的是剛到臺北時所見所聞，提起那時還住在圓山大飯店，有一天出門散步走過基隆橋，經過兒童樂園和動物園，然後走回大街上。其中有一行：「從圓山大飯店到中山北路得穿過基隆河橋上的憲兵林。」報社的人跟我說，這樣寫不行，會讓讀者認為他們的國家是一個軍事獨裁政權。還有，文章也提到我在臺灣照的第一張照片，是一個會讓現在的臺灣人很窘的廣告，就是黑人牙膏和「蔣介石是中華民族的救星」那一張，這一段也被報社的編輯刪掉了。是因為黑人牙膏讓臺灣人看起來有種族歧視的嫌疑嗎？還是說到了一九八〇年臺灣人已經不再相信反攻大陸解救水深火熱的同胞之類的宣傳？

除此之外，我和《聯合報》一向合作愉快，也在該報發表了不少文章，全要歸功於一個助理編輯，丘彥明，她鼓勵我多給他們寫稿，當然可能是瘂弦讓她跟我聯絡的

我與金恆煒和他太太張文翊，早在柏克萊加州大學上博士班時就很熟了，後來金恆煒放棄學位回臺灣接高信疆的職位。張文翊（左一）、金恆煒（左二）、黃春明（右一）。

瘂弦和我不管是私下來往或工作，一直都很融洽。一九八七年我們一起到韓國開七七事變五十週年紀念大會。

臺灣作家中，最早認識的該是黃春明，已經認識了三十多年。這張照片我與黃春明攝於一九七九年的臺北，隔年美國印第安納大學就出版了作品英譯本《溺死一隻老貓》。

也不一定。瘂弦就是邀請我和黃春明去敦化南路對話的人，但我頭殼壞去胡說八道跟他一點關係都沒有（容後敘）。我和瘂弦不管是私下來往或工作方面一直都很融洽，後來還一起到韓國去開七七事變五十週年紀念大會。

不過，老實說，我和《中國時報》的合作比較有成就感，但這跟《聯合報》沒有關係，純粹是因為《中時》碰巧讓我有機會發表一些中文文章，而且和人間副刊前後兩個編輯，高信疆和金恆煒，來往也比較密切，如此而已。我與高先生有一段時間時常來往，凡是有什麼人物來臺灣，只要我在，他就會邀我出席吃飯。我七〇年代出的蕭紅傳（英文版）由一個同事鄭繼宗翻譯成中文，在香港一個月刊連載發表，後來也出了小小的單行本。有一天跟信疆聊天時，忘了是他還是我提到蕭紅，他就問我願不願意出一個臺灣版本。我當然願意，只是怕新聞局不讓出版。可是出我意料之外，不久新版（有些文字上的修改）《蕭紅評傳》的第二個中文版由高先生夫人柯元馨主持的時報文化出版社出版了。我很感謝高先生「獨具慧眼」願意出版，因為當時的臺灣不但沒有人知道蕭紅是誰，一般的讀者也沒有多少人對那一代的大陸作家感興趣。可能因為當初他沒有拒絕，這本書壽命長一點，後來我又做了一些修改，有相當部分重寫，在哈爾濱以新名《蕭紅新傳》再版，最近上海的復旦大學出版社又出了增訂版的

《蕭紅傳》。這些或多或少要歸功於當初沒有被《中國時報．人間副刊》主編退稿，因而給我不少信心，否則我想都不敢想這本書可以出中文版。

高信疆卸任後，余紀忠先生必須找人接班，他屬意遠在柏克萊的金恆煒。早在這之前我就認識金恆煒的，他和他太太，張文翊，還在柏克萊加州大學上博士班時我們就很熟了，記得有一天晚上我們三個人，還有他們的一個朋友，在他們的住處聊天，談到《中國時報．人間副刊》邀請恆煒回臺灣去接高信疆的職位。恆煒跟我們說這個工作對他來說十分具誘惑力，但從另一方面來看，他的歷史博士學位還沒有拿到，回去臺灣就要中斷學業，等於放棄這個學位。我們都鼓勵他回去，別錯過這個難得的好機會，雖然我此後就要少了兩個在美國很談得來的朋友，只有到臺灣時才能見到他們。後來他們真的就打道回府，我到臺灣只要有時間總會跟他們聯絡，一起去老樹喝杯咖啡，或者相約去吃晚飯。

那個時候臺灣的報紙辦得有聲有色，尤其是副刊，我認為是臺灣報業史（甚至文學史）上最輝煌的時刻，《中國時報》和《聯合報》打對臺，能夠攬到恆煒可說他們運氣很好。一九八七年中，恆煒轉移陣地發行知識文化水準很高的《當代》雜誌，也發表了我的一篇有關東北作家蕭軍的文章。

一九八五年，我毛遂自薦和恆煒提議向臺灣讀者介紹美國作家，菲利普・羅斯（Philip Roth）所編的一系列叢書，名為「另一個歐洲的作家群與其作品」（*Writers from the Other Europe*），主要引介當時東歐許多重要的著名作家，他們的作品因此透過翻譯得以進入世界文學的主流，其中包括捷克的昆德拉。恆煒覺得這個想法很好，我就立刻動筆，從民國七十二年七月二十五日開始，根據羅斯的系列，在《中國時報・副刊》發表文章，介紹東歐國家的一些後來極具國際聲望的作家，前後一共評論了系列裡的十一冊專書（除了昆德拉一人有三冊外，其他的作家一人一冊）。當時這些作品完全沒有中文翻譯，但我希望至少臺灣讀者可以透過我的書評增進對東歐作家的了解，因為長久以來，由於東歐是共產國家，臺灣的讀者接觸得比較少，更希望能因此激起一般人閱讀的興趣。那時著作版權還不成議題，我還跟一個做英譯中的朋友黃文範推薦，希望他能把這些作品都翻譯成中文。後來昆德拉在臺灣成為「顯學」，一旦說起昆德拉，對文學有興趣的人馬上會提起他的《生命中不能承受之輕》，甚至到了濫用的地步，動不動就有人要說生命中不可承受的這個那個的。他的中文名字以及《笑忘書》的中文書名都是我先翻譯的，一直沿用到現在，我有點得意。至於人們濫用書名我則一概不負責。

從這些書評中得到最大樂趣的人應該算是我，因為我不但因此讀了許多好小說，而且也滿足了我的中文寫作欲，白天在舊金山州立大學教授中文和中國文學，晚上在家裡看翻譯成英文的東歐小說，寫中文文章。可能就是在這段時間我體會到一個後來深信不疑的準則：做翻譯的人一定要多讀書。一般人認為做中英翻譯，中文一定要很好，這個想法基本上沒錯，但是一個更重要而常被忽視的條件是英文要更好，才能翻譯出傳神又貼切的文字。這不是自我吹噓，我到現在還是無時無刻尋找好書（英文語言文字好的書），看看別人怎麼寫的，不是要抄襲或模仿，而是要給自己一些靈感。

我在臺北師大國語教學中心學中文，後來因為父親病重回美國，之後上研究所，拿碩士博士學位然後開始教書，再也沒有機會到臺灣長期居住，最多就是暑假期間一兩個月，但是我跟臺灣保持十分密切的關係，而給《中國時報》寫那一系列的文章也是保持「聯絡」的方式之一，但總是單向的，即，我到臺灣或給臺灣寫稿。萬萬沒有想到有一天這個方向竟然改變，臺灣「到」美國了。一九八四年十月十五日，留美作家江南（本名劉宜良）在其舊金山附近住處樓下被大概是臺灣國防部情報局派去的人暗殺，地點離我教書的舊金山州立大學不遠。這個讓美國政府震驚震怒的事件是解嚴前的一大重要事件，後來拍成電影，叫《被出賣的臺灣》（*Formosa Betrayed*），我後來在臺大附近的「臺灣今店」買到電影的ＤＶＤ。

除了江南命案以外，我只能從美國遠遠觀望臺灣的發展以及改變，讀者都知道，臺灣開始慢慢民主化，民進黨在解嚴以前宣布成立也沒有引來當局的鎮壓。有時候會想，在臺灣民主化的過程中，如果我碰巧在臺灣長住，會採取什麼樣的態度，是否會參與。由於越戰的關係，我相當反對美國政府干預其他國家的內政，因此最初的態度是，臺灣的問題應該由臺灣人自己來解決，外人不該干涉，但是美麗島事件以後我的態度完全改變了。如果沒有國際人權組織關注施加壓力，不知國民黨政府會如何對付這些人，或者悄悄槍斃了也不一定。如果要說美麗島事件有什麼「正面」的影響，那就是讓臺灣人追求民主的意願更加強烈，而政府也真正體會到民意不可違，慢慢鬆綁以至最終在一九八七年解嚴，但代價實在太高了。解嚴後，有一天我碰巧在臺北，前副總統呂秀蓮和我在福華大飯店的咖啡廳喝咖啡，就談起美麗島事件在臺灣民主化的重要性（當時她還沒有當副總統）。我和呂前副總統頗有緣分，幾年後我應邀翻譯她的文章〈貞節牌坊〉，但是再也沒有機會見面。倒是有一天走過仁愛路一個警備森嚴的院落，因曾聽說那是副總統的官邸，不知哪根筋不對，竟大膽的走上去問便衣的警衛，「這是副總統的家嗎？」警衛回答，「不知道。」差點讓我哈哈大笑，這不是此地無銀三百兩嗎?我幾乎要脫口告訴他，我認識副總統還翻譯過她的文章，是否可以進去與她敘舊。後來當然覺得自己實在太無聊了，那個倒楣的警衛能說什麼呢?同時也讓我深刻體會到臺灣真的民主了，重視人權了;一個朋友說，「這要是在當年戒嚴的年代，你敢這麼大膽去問，絕對會被抓去審問的，被關起來也說不定。你幹麼要知道是不是副總統的居所，是不是有什麼不良企圖?」聽朋友這麼說，我倒有點驚懼，可不是嗎，這要在戒嚴時代的臺灣，我絕對沒有那麼容易脫身，哪裡還能在一旁偷偷笑警衛欲蓋彌彰呢。

我第一次到中國回到臺灣後遭人「另眼相待」，一九八三年在中國大陸時，我見到了許多作家，有老一派的，他們的作品我早已看過、研究過，甚至也寫過學術論文討論過，如蕭軍、蕭乾、端木蕻良、白朗、羅烽、馮牧、丁玲、聶紺弩、周海嬰(魯迅的兒子)等等。見到當代中文英譯大師，楊憲益和戴乃迭，也有文革後出名的如王蒙、張抗抗、北島、高曉生、汪曾祺、王安憶等人。和六〇年代剛到臺灣時一樣，也有了不少人生的第一次，比如，登上長城，到據說是江青最常去的北京烤鴨店吃烤鴨，去廣州的國父紀念館廣場走一圈聽到我的陪同突然大唱「三民主義，吾黨所宗」(那時候外國人到中國都得有個陪同，名義上是提供協助但其實是監視，怕我們趴趴走），被成千上萬的中國路人盯著看，等等。但是最大的收穫是，我成為文革後第一個中國政府允許進入哈爾濱的外國人，並到那個時候尚未開放的關外去。現在什麼人想去都可以去，沒那麼稀奇，我當初要去可不容易了，得事先申請，竟然得到許可。一天早晨，我和陪同老林坐上一架老舊的俄式螺旋槳飛機往北飛去。飛機上的乘客除了我們倆以外都是農民，不知道他們到東北幹什麼，但很明顯這是他們第一次坐飛機。飛機飛得不高，可以看到地上的各種景色，每次有人看到什麼好看的或者不好看的都大聲嚷嚷，其他人湧過去，飛機就往那邊傾斜，然後另一邊的人一嚷，大家又往那邊去，飛機就像蹺蹺板一樣，滿嚇人的。飛到一半，陪同跟我說，「等一下我們要飛過長城」，我忍不住說，「但願如此。」飛機那麼老舊，從北京飛到哈爾濱得在長春和瀋陽各停一次，大概是加油。我永遠忘不了第一次在哈爾濱降落，腳踩在機場的地上，抬頭看到三個大字，哈爾濱，內心的激動喜悅實在是筆墨無法形容的。也去呼蘭參觀了蕭紅故居，進入那個樸實但落後的小鎮。蕭紅故居後來被重建，修得很漂亮，但失去了原有的風味，讀者看了《呼蘭河傳》想來尋舊一定會很失望。

在哈爾濱待了幾天，然後回北京搭飛機到香港轉臺北。不到幾天我就發現我和臺灣的關係變了，幸好只是短暫的。某些人開始對我冷眼相待。中國之行以前，臺灣幾個大報常常向我邀稿，現在他們認為我是「叛徒」就不理我了。回來時，我當然不期待他們給我什麼英雄凱旋歸來似的歡迎儀式，但是也完全沒有想到他們轉變得這麼快，更令我驚奇的是他們對我在中國做了什麼、看到了什麼一點興趣也沒有（大概也是因為黃春明的好奇讓我對報社諸公有了不切實際的期待）。最後還是殷張蘭熙居中調停幫我化解了。她在自己家裡舉辦了一個聚會，邀請了一些對我反應最為激烈的「老先生、老太太們」，都不是我很熟也不是很談得來的，但是我知道他們在臺灣的文藝界有相當大的影響力，足以左右輿論的，究竟都去了哪些人，無法一一列出。他們客氣中帶著十分明顯的冷淡，但當我談起大陸之行的經驗，不特意抹黑也不大肆表揚中國的種種，他們的態度開始轉好。我想，即使在兩岸聯絡斷絕的戒嚴時代，這些人總有人有辦法得知大陸近況，如果他們官位夠高，或許親朋好友有管道，不必透過我這個外國人了解中國。但畢竟也有幾十年沒有回去了，對我的所見所聞無法不感興趣，終於他們的敵意慢慢消失。我印象最深的是陳紀瀅，因為他認識許多我提起的作家和文藝界人士。如果我沒記錯的，其中最「忠堅愛國」的一位，聽到滯留大陸的老友的近況後眼眶都濕了。那次聚會時，我在中國拍的照片還沒有洗出來，要不然就可以與他們分享。這次聚會的「效應」真是立竿見影，很快的，報社的編輯又開始找我，邀稿，甚至請我去演講。當然不是請我去介紹我的中國之行或者當代中國，那還言之過早。可以確定的是，「他們」原諒我了，一切既往不咎！

隨後不久，《中時》的高信疆請我給一個大型的演講，主要談論當代臺灣文學，但我講了不到十幾分鐘就覺得十分乏味，有點老生常談的話題讓我講不下去，臨時起意改口介紹我的中國之行，我看高先生臉色不太對，不知道是緊張還是生我的氣。我知道在那個時候（一九八〇年代初期）的臺灣，所謂的反攻大陸解救同胞、小心匪諜就在你身邊諸如此類的口號，對在場的大部分是年輕人的聽眾來說無異是空洞的，只有少數人還會去相信支持，但政府還是把關把得很嚴，口風不變。去了中國以後，我看到幾個城市的樣子和人民的生活水準，跟臺灣比起來差太多了，要一段時間才能趕上臺灣，所以當時我真的覺得臺灣的政府沒有什麼好怕的，開放讓人民去認識大陸甚至去大陸旅行都可以，因此就隨興改變演講的內容，給在場的人說說中國近況，也算是給聽眾開個小小的窗口吧。今天回想起來，自己那天不是很愚蠢／單純，就是很大膽／自大，憑什麼認為自己有資格去改變聽眾的想法？大概還是因為我是外國人，說得確切一點，我是美國人，不怕被抓起來關進監獄吧。

演講結束後，高先生跟我說他緊張死了，還好我沒有說什麼太過火的話。不過可以確定的是，演講的內容第二天絕對沒有上報。一九八七年解嚴，開放到大陸旅行以後，有錢有意願的臺灣人都可以去大陸看看，我那天說的就完全不稀奇了。只不過事態還沒發展到那個地步，誰能預測會是什麼樣子，在戒嚴下的臺灣又有誰敢隨便預言兩岸政治關係的未來？如果我當天跟在場的人說不用等十年你們就都可以去大陸觀光，他們會相信我嗎？他們不但不相信，恐怕還要極力撇清罵我擾亂視聽呢。這是完全可以理解的，那個時候的臺灣人都被戒嚴嚇怕了。

這次中國之行十分具有「教育」價值，回到臺北，我對臺灣／大陸有了新的認知，也更深刻地體會到本省人和外省人，尤其是老一輩的，之間的差異及潛藏的衝突，這些差異雖然通常極其細微，但我到臺灣的次數越多，就越能感覺到。

一九八六年中到一九八七年夏，我在哈爾濱研究日據時代的滿洲國文學，期間抽空到香港的中文大學與《譯叢》的編輯一起編一期臺灣當代文學特刊的英譯，剛好也讓我在哈爾濱最寒冷的時刻到溫暖的南方去避寒一、兩個月（過年時回去看出名的冰雕），也順便換換「文學口味」。後來我在臺北的一個學術會議上發表了一篇論文，介紹我在哈爾濱研究的初步成果，因為用了「滿洲國」字眼，被觀眾辱罵，一個人甚至指著我的鼻子說，「你侮辱我們中國人。」在場的聽眾有一個人站起來大聲的說，

「葛先生說得對！」那個人就是紀剛，《滾滾遼河》的作者，一個曾經親身在滿洲國生活過的人。其他的外省人，對我的研究以及我對滿洲國的看法十分不滿，我「忘了」加一個「偽」字，不說偽滿洲國，這也是讓他們不悅的原因之一。至於他們是否認為這個時期的文學不值得研究，我就不得而知了。話又說回來，他們可能連一篇短篇小說都沒有讀過，如何判斷是否值得討論。民族主義作祟，政治凌駕文學，這也不僅僅是臺灣或大陸才有的現象，世界各地皆如此。

但是就臺灣而言，戒嚴給老百姓帶來的有形的和無形的影響實在太大了。一九八七年，就在我從哈爾濱回來沒多久，有一個臺灣的出版社有興趣出版蕭紅的作品《商市街》，但是由於蕭紅是所謂的大陸作家，沒有在一九四九年跟國民政府撤退到臺灣（蕭紅於一九四二年去世，怎麼會來臺灣?!），出版社害怕會有麻煩，不敢出。後來我想出一個辦法：由我動筆寫一篇較長的導論，附在《商市街》之前，把書名改成《蕭紅的商市街》，竟然就通過了！現在想起來都覺得好笑，明明是蕭紅的小說，現在變成葛浩文論蕭紅的小說，換湯不換藥，出版社就放心了。這樣的自我審查在解嚴前的臺灣恐怕是很普遍的。

一般來說，不管是政治方面或是個人生活上，人是越老越保守，這也有理可循，年紀越大，責任越重，年輕時的理想，有的不切實際必須拋棄，有的則是基於現實生活的需要必須改變。我剛好恰恰相反，大概是年輕時真的太混，對一切都懵懂無知，得到年紀大一些才知道要去了解世事，之後就難免要比較激進。越戰可說是我變「左」的起點：一九六五年我隨美國海軍的軍艦在西貢停留了很短的一段時間，沒有實地作戰的經驗，但聽到越來越多年輕人被徵調到越南當砲灰，原本是短暫的戰爭後來拖了很多年，讓我開始跟其他年輕人一樣質疑政府以及一切與政府有關的人事。回到美國上研究所以後，我就一直是反戰（反對所有的戰爭而不是只有當時的越戰），反專制獨裁，主張人權與自由民主，因此臺灣過去幾十年的轉變讓我特別有興趣，因為認為自己是三分之一的臺灣人而為臺灣的民主化感到十分驕傲，其實不僅是民主化，臺灣在環保和維護傳統文化財產方面也值得一提。當然人民和政府和跨國企業不斷有抗爭，但再沒有人因此被判刑送往綠島，這也是一大進步。雖然不是每個人都會贊成我這麼樂觀的態度，畢竟還是有許多不公平讓人憤怒的事件，但臺灣的確是在民主方面向前邁了一大步。

好幾次的「中國之行」對我而言還帶來其他意想不到的改變。剛開始學國語的時候，老師是大陸來的，所收到的各個層面的訊息（包括臺灣當時的中原中心主義），都讓我跟其他臺灣人一樣，在認同一個不存在的中國，我甚至買了長袍，成天穿著，恨不得自己是中國人。去了中國以後，我開始慢慢有了「臺灣意識」，耳朵張大去聽身邊人說的臺灣話，專心記住自己喜歡的詞句用語。在有臺灣人的場合演講，我總愛想方設法用幾個臺灣詞語。不用說，我多麼遺憾當年學中文，腦子靈活記性特別好的時候沒有機會學臺語，現在人老了，學起來不容易，頭殼已經「控古力」了！

軍校之路——緣起（一）

常常有人問我，你為什麼學中文，什麼時候開始學的？回答時，我總要用一句開場白，「說來話長」，不是故意弔胃口，而是真的長得不得了。

現在我可真的要吊一下讀者的胃口，先談談美國與我同一年代「出道」研究中國的學者和教授。據我所知，他們絕大部分來自中上階級的家庭，父親，甚至母親，有很多是大學教授、醫生或律師之類教育水準很高的白領家庭。為什麼呢？因為在當時，除了傳教士以外，中文不是一般人會選學的外語，學習中國文化也不是一個中學或大學熱門的科目。工人階級的父母也不太可能鼓勵孩子去主修一個「沒有用」的學科，而且他們對中國的了解也是十分有限的。相對而言，中上階級的父母對美國以外的文化社會比較有可能涉及，也會鼓勵子女多看一些有關西方世界以外的書，培養對外在世界的好奇心與學習欲望。

我生於一個中下階層的家庭。父親來自紐約猶太社群，年輕時，他的父親，即我小時候見過幾次面的爺爺，投資房地產做得有聲有色，父親當年在紐約上學是由家裡的司機開車接送的。上大學時，他選擇昂貴的私立學校，南加州大學，主修新聞學。依爺爺當時的財力，供應一個兒子到外地上大學足足有餘。不幸的是，一九二九年美國股票市場暴跌後的第三年（一九三二年），父親大學三年級的時候，美國經濟大蕭條，爺爺的資產完全泡湯，父親也只好輟學，開始工作。照理說，一個上過三年大學，而且是頂尖的南加大的年輕人還是有很好的工作機會，讓他有足夠的收入過中上階層生活，但我父親終生做售貨員：在珠寶店賣首飾、在加州長堤市海港旁賣與海軍有關的各種玩意等等；雖然從來不愁吃穿，但家庭經濟總是有點拮据。有一天，某個新成立的公司的人事處，因為看他辦事效率高，人也厚道，就問他願不願意當他們的日本業務代表，那時父親因已成家（母親是在美國中部的農場上出生成長的，十六歲時自己一個人坐火車到加州謀生），也有兩個孩子了，全家搬到國外去不行，他一個人去把妻子留在美國更不行，所以就婉拒了對方。那個公司後來成為世界最大的洋娃娃廠商，即出售芭比娃娃的 Mattel 公司。有時候我會想，如果父親當年接受聘請到日本「打天下」，我又會成為什麼樣的人呢？是不是就變成日本文學的翻譯呢？或者會步上父親的後塵，成為某個跨國公司的高級主管？不管怎麼樣，父親當時沒去日本，倒是我自己後來在日本住了一年（這是後話）。

父親五十出頭就因癌症過世。他在世時，我從來沒有想到要問他當時為什麼不接那個工作。活到八十高齡的母親還健在時，也沒問過她有關父親和她的若干事。這大概是一般為人子女的通病與遺憾，年輕時一切「向前看」，又極其自我中心，如果不是機緣湊巧，不太可能會去問父母或祖父母的過去，更遑論坐下來細細聆聽了。等到年紀大了，有時回想起自己的過去，也會連帶想起父母，就會想要多知道一些，但常常是為時已晚。

我後來分析得出了一個結論：爺爺當年的投資過於集中，也過於大膽，所以在經濟大蕭條時失去一切，導致父親必須輟學，因此父親變得格外保守，他一生的原則是一切守成為主，不要冒險，否則連累我與我弟弟將要受苦。我說父親保守，絕對僅止於這一方面，他本人在政治方面是十分前進的，他終生只投民主黨（羅斯福總統去世的那天我親眼看到他哭了），並且結交各個種族的朋友——他結婚時的伴郎是日裔的美國人，工作時的同事有一個是墨西哥族裔，後來和父親成為好友，他認識的一位黑人朋友也曾來我們家吃飯，諸如此類。這在當時（一九四〇年代後期）美國社會恐怕是很少見，何況在猶太族群裡頭。因為父親的熏陶，並以身作則，所以長大後我一直反對種族歧視。

讀者看到這裡一定會疑惑父親的守成跟我學中文有什麼關係，請耐心看下去。個人成長背景導致父親對於生活的要求不高，不會冒險去追求更高的收入，同樣的，對兩個兒子的要求也不高。記憶中，父母從來沒有問我功課做了沒有，也不會因為考試考得不好而責怪我，更不會嚴格要求每個學期要有幾個A。我小學、初中讀得不錯，年年都算是優等生，可是到了高中不知為什麼成績一落千丈，我卻毫無自覺，直到要申請大學——那是父親非要我做不可的——才發現高中成績糟得連本州的加州大學（University of California）以及加州州立大學（California State University）任何一個校區都沒有人要我。我還是有點常識的，就先到社區兩年制的大學讀一年，把成績讀出色一點然後回去申請一般的四年制大學，儘管如此，還是只能上長堤州立大學（現在改為加州州立大學長堤校區），我想當時那個學校才剛成立十年，名氣不夠響亮，可能還不容易招到學生，所以才收了我吧。之後，我花了五年半把四年大學給念完了，還很天真的認為畢業後就跟別人一樣找一份工作，八字還沒有一撇呢！

好不容易上了正規的大學，我卻還是「不知死活」，照樣玩樂，長堤就在海邊，我成天衝浪，在海灘曬太陽，還加入希臘式兄弟會（fraternity），全是為了玩，兄弟會活動很多，讓我玩四年。當然，寒、暑假時都有工作，不是說父母就供給我吃喝玩樂。我算是一個十分本分的孩子，沒有給父母惹麻煩，自己打工賺零用錢，不許跟父母伸手要錢玩樂。唯一的「問題」是，不知為什麼不喜歡讀書，學一科厭一科，大學的主修一個換過一個，歷史，教育，甚至還選過會計；至於後者，現在想起來就發笑，無法想像自己畢業後當個會計會是什麼樣子，大概會把別人的帳算得一塌糊塗。上一門世界歷史課時更好笑，老師第一天上課介紹亞洲時，就在黑板上寫了幾個中文字，我一看，這什麼跟什麼呀，誰要學這種東西！一下課就把世界歷史課退掉去選別的，換成好像是最好玩而又輕鬆的藝術欣賞課。世界歷史是我大學好幾年內唯一退過的課。不料沒幾年後我會愛上寫在黑板上的那個語言，而且更愛寫中文字。這有點諷刺，或者可以說「人算不如天算」。

快快樂樂的上了那麼幾年的大學，畢業後還悠悠哉哉的考慮下一步該做什麼，我先在一個小學當實習老師，那個經驗實在慘痛，小孩子調皮不聽話，大概算是一批袖珍的我吧。受不了，一個學期以後就辭職不做了，發誓這一輩子絕對不再踏進教室；誰能預料後來我不但當了快三十年的老師，而且熱愛教職，更喜歡在黑板上寫中文字，也比較喜歡那種很調皮地問問題，聽不聽話在於我教得好不好的學生！

有一天，突然想起好像應該去服兵役——那時美國還是徵兵制——我跑去當地的兵役中心問什麼時候有可能會輪到我，他們說如果長堤市需要抽兩個人去越南的話，其中一個絕對會是我。這還得了，我雖然滿愛國的，但是還沒有愛到自願去當炮灰。美國正進兵越南，還沒進入白熱階段，可是戰情越演越激烈。怎麼辦呢？

看是否能去上海軍軍官訓練學校！

我已經想不起如何會選擇海軍而不是空軍或陸軍，大概跟長堤市和父親有關係吧。長堤當時是美國海軍很重要的一個港口，成天有海軍軍官和水手來來去去，加上父親的顧客幾乎全都是船上來的，去上海軍軍官訓練學校似乎是理所當然。父親做小生意時認識了一個代表長堤的眾議員，因此就請他為我寫推薦信，我後來得知那封信起了很大的作用。需要說明一下，這個學校在羅德島的新港市，是短期的訓練課程，為期四個月，不是馬里蘭州的那個。被接受，通過體檢後，我「背著」行李上路，去羅德島報到，四個月以後，接到派遣令，去臺灣／臺北！

因為到臺灣，在臺北住了一陣子，我後來開始學中文。沒學多久，就發現自己還滿有語言天分的，學得還不錯，終於找到一個自己喜歡也做得好的事了。就這樣「潦」下去，直到今天，真是說來話長，不是嗎？

從羅德島到臺灣——緣起（二）

從長堤到羅德島再到臺灣，其實還頗為曲折。

被軍官訓練學校錄取後，至少不用馬上去越南。我等著從美國的西岸到東岸去學校報到，有六到八個月的空閒，都在舅舅的工廠打工。那個工廠製造汽車彈簧；我的工作是把鐵灰色的鋼片送進鍛爐去燒到赤紅再拿出來，聽起來很容易的工作，沒做過的人不知道危險性，不小心可會把自己灼傷的。還好我手腳還俐落，人也不笨，所以沒受過傷。那是我這一生唯一做過的極度耗費體力的工作（小學時每天一早去送報，給鄰居割草，中學時在自助餐廳收盤子，高中在一家專售剩餘軍用物品的商店做小夥計，都不能算是體力勞動），讓我做一輩子，大概會受不了，但當時還滿喜歡那個工作的，或許是因為知道是臨時的，也可能是因為工作的規律性。每天八點上工，十點休息喝咖啡，吃甜甜圈。舅舅每天都在同一家甜甜圈店買一盒帶到工廠，有沾白糖粉的，裹巧克力醬的，裡面有奶漿的等等，我們也似乎都百吃不厭。如果當時我有點自我分析的能力或傾向，就會知道自己喜歡規律性的生活，在海軍服役那幾年是如此，直到現在每天做翻譯也都循序漸進，一天規定自己需要翻譯幾頁，否則晚上會睡不好。不過前面不是說過嗎，我那時真是愣頭愣腦的，所以並不了解自己個性傾向。還有一點我認為值得一提的是，一個男人（失禮，我在此只能說男的不說女的），無論背景如何，體力強弱，有事業心與否，做一陣子體力勞動有不少的好處。比方說，這類經驗會讓人對做一輩子苦工的人有初步的了解和基本的同情；能對自己的優缺點多少有個認識；對身體健康有好無害；還能養成天天必需洗手的好習慣。好了，不多說，免得讀者以為我在開哲學課，我只是為少年時的自己說些恭維話！

終於到了要去學校報到的時候了，四月中我到離長堤約有三、四十英里路的洛杉磯上飛機去羅德島——不是我第一次坐飛機，但是第一次買了單程票，也是「飛」得最遠的路程——中途在波士頓停留幾天去拜訪從來沒有見過的親戚，舅公和舅婆——我爸爸的舅舅和舅媽。因沒有見過，自然不知道他們雖然是猶太家庭出生，但早以揚棄猶太習俗，並且改信基督科學會（Christian Science，起源於波士頓），大概是我最不了解的宗教。他們對我很親切，熱情招待，給我騰出的臥房比我在長堤家裡的大而且高級許多，特地給我作幾頓好菜，要我把它當作一個「家外的家」（home away from home），到現在偶爾還會想起他們兩個老人家。不過，我有一晚頭痛欲裂，跟他們要阿司匹靈時，才曉得他們不相信任何醫學知識或醫藥，病了就祈禱。我忘了他們當時是否拉起我的手一起祈禱——大概沒有吧。該補充一點：父親雖然生在一個猶太家庭，但我們家從來都沒有任何猶太教儀式，也不過任何猶太節日。父親倒是有很多猶太朋友，我猜他小時候在紐約時是遵守猶太教規的，他的「無教」態度可能來自對爺爺的一種潛意識的反抗。總而言之，「神」在我少年時代幾乎不存在；如今亦如此。

軍官訓練學校的課程為期四個月，期間我接受基本訓練，大部分都是在教室裡聽課，學習有關船艦的知識，海軍軍規，以及同仇敵愾的重要。對了，還有學會如何把軍靴擦到雪亮可以當鏡子。為期十六個星期的日常生活我印象不深，但好像還滿喜歡的，也交了幾個勉強可算是朋友的朋友。畢業時，我就是一個少尉了。畢業典禮前一天還對我大吼大叫的連長從這一天起就得給我行禮了，可是我哪裡知道呢。還是跟以前一樣，走在校園裡手不斷地舉起來，看到長官就行禮。終於，連長「同情」我，明白地跟我說，我不用再給他敬禮，反而是他得開始給我敬禮了。想想那些「不值得」我敬禮的人，不知私底下是怎麼的偷笑我呢。學乖了以後，我一路走過去，一路接受比我軍階低但經驗比我豐富許多的人行舉手禮。來參加畢業典禮的父親，看到這個以後恐怕會一事無成的兒子竟然有這麼多人給他表示一種尊敬，高興得很，感到十分驕傲和榮耀，他一直希望我留在海軍工作，或許等到升上將再退役。

我最終沒當成海軍上將跟臺灣有很大的關係，這也是說來話長。畢業後，同學們接到派遣令都一一到巡邏太平洋或大西洋的軍艦去報到了，只有我一個人被「留級」，長官讓我去多上兩個月的通訊課程，學習無線電通訊以及處理高度機密的資料。為什麼是通訊課呢？是為了派我到臺灣協防司令部工作。為什麼是我呢？那就不得而知了。對他們來說，那個決定只是戰時眾多決定之一，然而對我來說，那真可以說是改變我一生的一個轉捩點，雖然當時我自己並不知道去臺灣對我的人生會有那麼重要，甚至還問長官到底去臺灣還是去臺北！還好他們並沒有因為我世界地理知識極度貧乏而改變決定！

上完通訊課程還不夠，他們又送我回加州接受更嚴格的戰時求生訓練，包括使用武器（對我而言，也就是學會開槍而且不要打傷自己！），被直升機從海裡吊起來，用繩索從斷崖上降下去，設法從模擬囚牢脫逃（我沒逃成），接受嚴酷的審問，模擬求生被迫吞食蟲子以及其他種種噁心的東西。結束後，我倒頭就睡，一睡就是十四個

在船上休息。

二十一歲於羅德島的新港市。

小時。

通過這些訓練以後，他們「放」我回家休息兩個星期，然後就坐火車到舊金山附近的空軍基地準備坐上戰機去臺灣報到，這是我平生第一次出國；上大學時去過加州邊境的墨西哥城，但那不算，那只是去喝酒玩樂，看鬥牛，「幫助」墨西哥人培養反美情緒。飛機從舊金山起飛，中途在檀香山和馬尼拉停留，不知是送其他人到這兩個地方，還是當時的飛機無法從加州直飛臺北，需要中間停下來加油。我也不記得總共幾天，反正我是在一九六二年（民國五十一年）十二月一日到達日本，在離東京不遠的美國空軍基地落地，等飛往臺灣的飛機。此時我才真正感到自己快要去一個將要生活和工作很長一段時間，卻連最基本認識都沒有的地方。雖然在一九六〇年美國總統選舉時，甘迺迪與尼克森對金馬問題爭論過（尼克森主張應該幫助國民黨保衛這兩個離臺灣約有一百多英里，離中國大陸才一箭之近的小島；甘迺迪則認為蔣政府應該放棄），我這個無知少年也只聽過島的名字而已。有意思的是，我抵達父親後來沒去上班的日本的第二天，美國駐日大使萊蕭兒被一個日本極右派的人用刀刺傷了他的大腿。這對我來說是什麼預兆？到了臺灣就知道！

十二月二日我上了另一架軍用飛機飛往臺灣，過幾個小時便抵達臺北松山機場。

心中有何感受現在已經記不得，是怕？是好奇？還是什麼我不知道；大概多少有點既來之，則安之的感覺吧。來接我的是協防司令部的通訊員——即將卸任的我的前任。他送我到圓山大飯店去，我在那個當時是最高級的，按今天的說法，該是五星級的飯店，一共住了整整一個月。一住進去就出了一件糗事。

我住進房間後，去機場接我的人就走了，可能是回去收拾行李準備回美國。大概是年輕或者是太興奮，或者兩者都有，我並不覺得累，時差對我似乎沒有影響。記得住進旅館時還不到吃晚飯的時間，但到底怎麼打發那段空檔，已經不記得了。大概就是翻翻旅館提供的雜誌書報什麼的，或者查看房間和旅館的設備，讓我自己一個到外頭去逛逛，我倒沒有這個勇氣。好在美國駐臺大使不像駐日大使被刺，平平安安地沒出任何事。這算是好預兆吧。

晚飯時間到了。在加州時，我曾在一、兩家中國餐館吃過幾頓飯，覺得自己非常有經驗，十分有資格打電話到樓下叫菜，讓他們送上來。加州那些中國飯館，一如當今美國許多城市都可以看到的中國餐廳一樣，小小的，就在我打工的百貨公司旁邊，我記得點菜非常容易，一次點個三、四樣，外加一小碗蛋花湯，全部放在一個盤子裡送來，典型的美國個人主義作風，各吃各的。絕對不會大家點一盤肉，幾個菜，一碗湯，然後你夾一塊肉，我撈一湯匙肉羹的這種吃法。所以讀者可以想像，當天我在圓山飯店是怎麼點菜的——當然也是一次點三、四道菜（我餓壞了），外加一盤炒飯，和一碗記不得是什麼樣的湯。讀者也可以想像菜送來時我是多麼的驚嚇！房門一開，外面站著的旅館服務員手上沒有托盤，他身旁倒有一輛推車，上面排滿了我點的菜。天哪，不是一個盤子上面一點雜碎，一小撮牛肉炒麵，一點炒飯，一小碗湯。而是一盤又一盤滿滿的東西，那一碗湯足夠五、六個人喝。這一大桌菜統統是給我一個人吃的，真是「大胃」王！當然旅館送菜的人可能以為我當晚有訪客，必須點那麼多菜。或許他們並沒有偷偷觀察是否有人到我的房間來，與我共享那一桌香噴噴卻又陌生的不得了的菜。總而言之，我非常不好意思地，非常努力地吃，吃到人都漲成一個圓球，似乎肚皮都要漲破了，但是盤子裡的菜好像一點都沒有少，這盤子是童話裡的聚寶盆嗎?!究竟吃了多長時間已記不得，也想不起來味道怎麼樣，但是想想我們當時在美國的中國餐館的飯菜，可以想像自己可能不太習慣吃這種道地的中國菜，很可能也點了啤酒，半吃半吞的。大概是用刀叉，不用筷子。不管怎麼說，我對自己那麼「不上道」一定是非常不好意思的，所以儘管口味過於陌生，份量過大，我也食不知味地，認真地吃。吃不完的，實在沒有臉送回去，所以就統統倒進抽水馬桶裡沖掉了

（請別問我隔天馬桶是否不通）。多年以後在美國，每次隔很長一段時間沒有吃到又道地又好吃的中國菜時，就會忍不住的「懷念」起那頓飯。若放到今天，我是會多麼享受那些美味的，一定捨不得把剩菜丟進馬桶裡。

當時的圓山飯店還沒有加蓋，只有兩層樓，不過還是非常雄偉壯觀的，俯瞰臺北市，一切盡收眼裡。如果臺北的城市重心後來沒有朝東區發展，圓山飯店說不定還是頂級的，不過地點實在偏遠，偶爾想去回味一下，得搭計程車去。當然車子一路盤旋上去到那大紅巨柱前還是非常有氣派的，讓每個人都有身為貴賓的感覺，我當年入住時就很有VIP的派頭，只是第一天晚上就出「洋相」。

可是不管怎樣，我終於來到了臺灣／臺北啦。

中山北路的歲月——吃住在臺灣（一）

初次到臺灣，在圓山大飯店住了一個月內，恰巧有一、兩次美國大有名氣的流行爵士樂團來臺，其中一個是路易。阿姆斯壯（Louis Armstrong）在圓山廣場表演，是我在美國很難看到的，算是託了臺灣的福。在臺期間，諸如此類的「特殊待遇」還不少。比如，鮑勃·霍伯（Bob Hope）到臺灣勞軍（美軍），也有機會去看他主持的綜藝節目。甚至當時的美國副總統到臺北拜訪，我也被派去迎接，跟他握手。如果我大學畢業就留在美國，絕對不可能有這樣的經驗。

到了臺北後沒幾天，就必須開始工作。通訊官是輪班制的，因此白天休息時常常可以自行出外去散散步，看看街上的風景。有一天走過了基隆河的大橋，路過小小的動物園（早已遷移他處），看見路邊有一個大廣告牌，上面畫著一個漫畫式的黑人面孔，賣的是黑人牙膏（Darkie Toothpaste，後來改成 Darlie Toothpaste），帶了照相機，當然得照一張啦。幾十年後有一天重看當年照的照片時，才發現廣告牌上頭還有一行字：

蔣中正是中華民族的救星！

牙膏和民族救星並列當然不匹配，但是否有點「刷牙不忘救國」、「救國不忘刷牙」的感覺？

美國政府對我們這些軍人雖然特別慷慨，但圓山大飯店畢竟不是可以長期住的，一個月的期限快到了，我必須馬上另找住處。四處打聽以後，得知派駐臺灣的美國軍官，軍階最高的幾乎都住在草山（陽明山），軍階低一點的大都住在市郊的天母區。上、下班，軍階高的當然每天都有司機接送，軍階沒那麼高，或者像我這樣軍階最低的小軍官則是自己開車上、下班。當時碰巧知道有幾個軍階較低的未婚軍官在天母合租了一個大房子，剛好空出兩個房間，他們問我想不想租一間，我說，好啊，就搬去和他們一起住；我猜當時大家的心態是，到「山下」和臺灣人住在一起有些可怕，有些陌生，最好還是跟美國人住安全一些。當時我沒有車，也沒有國際駕駛執照，但是通訊工作要輪班，所以協防司令部每天派車接送，剛開始很不習慣被人接送——在美國念書時父母從來沒有接送，都是自己走路，後來騎腳踏車上學的——久而久之當然就不再覺得彆扭了。

前面說過，上大學時我加入一個兄弟會，成天跟男生混，上軍校那大半年身邊也都是年紀和我差不多的年輕男子，我因此認為和那幾個陸、海軍軍官同住一個房子是最理想不過了，好像又回到大學時代，未來的十五個月就這麼過好像滿好的，後來才知道我的想法有多天真，或說蠢笨。

雖然就這樣住下了，可是很快就發現整個臺北市有那麼多人，那麼多有趣的地方，我幹麼要住得遠遠的，成天和美國人混在一起有什麼意思呢？最終，我的天母之居為時僅僅一個月。是這樣的：我認識的一個中尉快要回美國了，回去之前聽說協防司令部附近有一套公寓剛好空著，房東願意租給外國人，地點很好，可以走路上、下班，他問我願不願意搬去和他一起住一、兩週，房租便宜一些。他回國後，我自己也可以繼續住下去。當時我已經蠢蠢欲動，想搬到外頭自己一個人住，這可以說是天降的大好機會，去看了房子後，馬上就決定搬過去。

新搬去的公寓在劍潭，二樓，一房一廳。進門左邊是客廳，右邊是走道，通往後面的廚房。客廳後面是臥室，再後面是浴室。另外還有一個陽臺，在前邊，客廳外面。舉目望去，我是唯一的一個外國人。房租多少我一點印象都沒有，但依我當時一個年輕少尉的薪水來看，不可能太貴。我在那裡住得舒適愉快，自己一個人逍遙自在，愛上了獨居的日子，從那時開始，我就再也沒有跟朋友、同事等合住過。

公寓有一張床，一把藤椅，一個茶几，加上一個書架；後來的一年內，添了一個電唱機和其他雜七雜八的東西，簡單但不簡陋。我也開始慢慢地去探索，發現中山北路的敦煌書局賣很多盜版的英文原文小說和歷史書籍，物美價廉，就三不五時地去看看，看到喜歡的就買回來，漸漸的那個原本空著的書架竟也擺得滿滿的了。

我也愛上了走路上班。公寓離協防司令部真的很近，只要不下雨，一定走路去上白天的班（輪到晚上值班，當然還是由司機接送）。走去辦公的地方先要過一個如今早就不在的蒙古烤肉店——去吃過好幾次。司令部在基隆河畔，正對面有一個遊艇餐廳，停泊在河邊，偶爾我也會去那裡吃一頓；忘了都吃些什麼了，既然是泊在河邊，大概就是海鮮吧。但是一下起雨，就「莫法度了」，公寓附近馬上成為汪洋大海，行不得也。幸好因工作需要，美國海軍在我公寓裝了電話，也是工作單位替我交電話費，可以打個電話讓人來接。平常到遠一點的地方，尤其是晚上出門，我就叫計程車，或者跳上滿街都是的三輪車，很少搭公共汽車。那時臺北市的公車汽車破舊不堪，而且開車的常常是擺著一張臭臉的退伍軍人，開車技術差不用說，甚至根本不懂或者不在乎如何開關車門，我常常看到有乘客被夾在門裡哇哇大叫，自然要敬而遠之。

奇怪的是，我完全想不起自己在公寓裡都吃些什麼了。既然住在那裡，又有廚房，就不可能什麼都沒做來吃的，至少一天會吃一餐，可是一點記憶都沒有。廚房很簡單，有一個水泥砌的水槽，一個大概是燒瓦斯的爐子，記不清了，爐臺所剩的一點小空間可以用來切菜什麼的。記得很清楚的是廚房有一個小冰箱，主要冰鎮我在司令部福利社買來的啤酒和冷飲。當時我們都在福利社買美國進口的啤酒和可口可樂之類的飲料，每個月限量購買，但是通常數量足夠讓我們搭個計程車往黑市轉手賣出還有賺，賣不完的就自己留下來喝。算是發越戰的橫財吧！廚房既然不大，而我也不是那麼善於烹飪，所以做飯的話，大概就是煎個漢堡，做個三明治（那時我還吃豬，牛等四隻腳的動物之肉，要到一九八〇年初，才開始只吃雞鴨魚等兩隻腳或沒有腳的東西；問我為什麼我也說不上）。總之，絕對是既簡單又方便的「速食」。

我倒是記得很清楚，常常到軍官俱樂部附屬的單身漢娛樂中心吃午飯。在中山北

中山北路上的軍官俱樂部。我從來就不是烹飪人才，常在在軍官俱樂部裡面附屬的單身漢娛樂中心吃午飯，裡面有小酒吧、彈子機，要吃東西得從外面的店送進來。

與密爾森（Melson）中將合影於一九六三年二月協防司令部。

路上，只有單身的軍官或外國商人能去的，結過婚的，士兵階級的，中國人，或者女人一概不准進入。娛樂中心這個名字實在不太合適，因為地方不大，只有個小酒吧，一架彈子機，一臺撞球桌和一臺吃角子老虎機而已。中心沒有廚房（顯然的，娛樂中心的娛樂不包括吃；或者說，吃不能算是娛樂），要吃東西，就讓外邊的漢堡三明治店送進來，圍坐在吧臺吃。記得常常有一個人，獨自來坐在吧臺，點一杯又一杯的雞尾酒，曼哈頓，不大跟旁人聊天，直喝到醉醺醺為止，聽起來很可憐。這個娛樂中心似乎缺少娛樂價值，的確也是。對我來說，就是方便。司令部在我手下工作的士兵，偶爾在值完大夜班以後會邀我到他們士兵專用的俱樂部，那地方可好玩了。人多熱鬧，而且還有不少士兵帶進來的臺灣女孩子混在一起，大家縱情談天說笑，大概還免不了會打起架來。而我們當軍官的不知為何不可如此「娛樂」。

這段時間，我大都獨來獨往，但特別不喜歡自己一個人去外頭吃飯。酒吧的確樂趣無窮，但是輪班制的作息時間讓我很難有空去光顧。不過也不是完全沒有例外：我經常一個人走路或是坐車到中山北路的美而廉吃飯，那裡中菜西餐都有，工作人員總有幾個會一點英語，對不會中文的顧客當然很方便，而他們或她們也喜歡有機會與美國佬談天。美而廉算是我當年的老地方。打個岔吧：「中山北路與我」故事可多了，我曾經寫了一篇文章介紹過，發表在《聯合報》上。現在很少去中山北路一帶，臺北市中心不斷往東移，中山北路沒落了，但我還是滿留戀的，閉起眼來似乎可以看到當年的美國大使的舊居、大同大樓、日本大使館等等。那時，我還沒學會吃餃子、蔥油餅和牛肉麵；後來知道有這麼好吃的東西以後，我開懷大吃，幾乎什麼都吃。為了找吃的，我跑了好多地方，對臺北某些地區變得相當熟。不過還是以中山北路為「基地」。

一般來講，人一天大都要吃三頓飯，假如每天吃得千篇一律，或者菜的式樣變化不夠大，生活就失去了一種樂趣。第一次來臺，剛開始我在這方面缺乏探索試驗的精神，臺灣好多好菜嘗都不敢嘗。後來慢慢試著吃，吃到一、兩樣在美國連看都沒有看過的東西，覺得很新奇，很好吃。可是在這個階段，無論如何都不能說自己對臺灣的美食有什麼認識，這要等到後來再去臺灣時，才慢慢擴展我的美食天地，可以說是，好「吃」在後頭。

我在外頭住的公寓沒有冷氣，但我並不以為苦，對於臺灣濕熱的天氣還能適應，即使是七、八月盛夏時期也無所謂。一九六三年九月初的葛樂禮颱風來襲，這是我生平第一次碰到颱風，印象當然特別深刻；九月十一日，臺灣北部開始下傾盆大雨，低窪地，包括劍潭在內，很快就積水成災。颱風登陸以前我就被召入司令部去值班，出門前我勉強跟住一樓的那家人溝通，跟他們比手畫腳示意把貴重物品全部搬到我二樓的公寓，家人也上來避災（我當時沒有鎖門的習慣；聽說那時候的臺灣人，尤其是南部鄉下也有很多人不鎖門的）。說完，我就去上班了，晚上就在司令部臨時搭起來的小床上睡覺，兩天後水退了，回到公寓時，看到樓梯頂上最後一階都有水淹過的痕跡，不過我發現一樓的鄰居「辜負」了我的好意，沒有把東西搬上來，損失巨大。後來才知道在當時，這是有記載以來最大的颱風。到現在還記得在街上走時，處處可見房子和大樓上淹過水的汙痕，也看到路邊不少溺死的老鼠，甚至於貓狗都有。

往後的兩月內，臺灣慢慢從颱風的摧殘下恢復過來，而我也重拾過去的生活方式，直到十一月二十二日，半夜一陣劇烈的敲門聲把我叫醒；司機在門口說我必須立即到司令部報到。到那裡我才知道甘迺迪總統被刺，整個協防司令部氣氛森嚴，電傳機響個不停。司令部的最高長官，海軍中將密爾森接到通知後，馬上宣布最高警戒，就差沒有進入備戰狀況。那天我整晚待在情報室，最高機密的情報不斷地從不同的軍事指揮部發過來，我的工作是負責解密，然後呈報給密爾森中將。總統在任內遇刺身亡，那天大家的心情低落也十分憤慨。直到現在，當時稍有年紀的人都清清楚楚地記得噩耗傳來時他們在哪裡，在做什麼。我也不例外，另外還記得一件十分感人的事：第二天上午輪班後，司機開車送我回去，到家後，我沒有立刻進屋去，而是在門口站了一下，抽菸。值了一夜的班，我兩眼發紅，制服也皺得不像樣，臉上還有不可置信的表情，突然一個年輕的臺灣女孩走過來，用她十分生澀的英文跟我說：「I am so sorry!」那時，我才完全意識到總統遇刺不是夢，忍不住哭了起來。

就那樣馬馬虎虎地過了三個多月。一直到一九六三年元旦那天，我和另一批小軍官被派到松山機場與一些大人物——大概包括美國大使和其他政府官員——接見美國副總統亨佛萊到臺灣。前一天既是西方除夕，一般人以喝酒來慶祝新年，往往喝過頭，本人也不例外。副總統的飛機是早晨很早到的，因此當天的一切我忘得一乾二淨，唯一記得的就是，跟我爸爸和我都喜歡的民主黨的副總統握手那一幕。副總統到臺灣訪問有特殊目的，就是代表新上任的詹森總統公開向中國政府表示美國仍然站在中華民國這邊，如果有必要，會用軍隊保衛這個遠東的盟友。我們在機場站了多長時間我不清楚，只記得我當時頭疼得厲害。

我進海軍軍官訓練學校時的規定是，畢業後需在海軍服役三年。到臺北的協防司令部十五個月後，我在該單位的工作告一段落便得到軍艦上服役。一九六三年二月，我在中美協防司令部服役快結束，要離開臺灣的時候，我「升官」變成中尉。密爾森中將親自接見，對我在司令部的工作表示謝意，並預祝我未來一切平安順利——有照片為證。幾天之內退了房子，與幾個朋友告辭，辦了一些手續，把「財產」，包括書與家具送人（小冰箱是賣的），便坐車到松山機場上美軍飛機，先到琉球島停留幾個小時以便搭機回美國，放一個月左右的假。然後又回到我一年多以前在亞洲的第一站，日本。當時美國海軍第七艦隊中的一艘驅逐艦 **Lyman K Swenson DD729**，停泊在日本，我就到那裡報到，開始了在軍艦當通訊官的日子，隨著該艦到過很多地方，如香港、關島、夏威夷、薩摩亞、澳洲、新幾內亞，以及南亞幾個國家——泰國、菲律賓、越南。說老實話這段時間過得滿愉快，去了很多以前沒去過的新地方（除了香港、夏威夷和澳洲以外，其他地方以後也再沒去過），得了一點知識，交了幾個朋友，心智也成長了不少。各色各樣的事情，包括幫航空母艦接飛機都經驗過，危險的、嚴肅的、好玩的事件都有，總而言之，我滿懷念這次的船上經驗。離開亞洲之後，驅逐艦回美國西海岸維修，我們都跟著到西雅圖。誰知我與臺灣確實有緣。第二年的二月，我又有機會回到臺北松山機場，這次不但不再搞不清臺灣／臺北的區別，也是帶著許多美好的回憶回來的。

愛上臺灣小吃——吃住在臺灣（二）

總的來說，在驅逐艦的那十幾個月過得滿如意的。首先，日本對我而言，是個很理想的美軍軍艦駐防地點，我們常常放個兩、三天的短假，可以到各處觀光，嘗嘗日本料理，跟同艦的軍官去酒吧，也在服役期間結交了幾個好友，其中一個到現在，五十年後，都還常聯絡。我曾搭火車去京都（一九七〇年代中，我再度到京都住一年）、東京、橫濱，以及其他許多不太貴、去得起的城市。

到驅逐艦報到不久，我們就開往香港，然後繼續開向曼谷，於五月四日開進西貢。那時戰事尚未進入熾熱階段，但為安全起見，戰艦甲板隨時有武裝守衛，我們去喝酒的酒吧周圍用鐵絲網圍起來，以防越共扔手榴彈。還好，在沒有人來得及對我們開槍攻擊前我們就又開回日本，之後不久，軍艦輪調回美國，回到西雅圖維修，然後開到南加州的聖地牙哥市，主要任務是軍艦人員再訓練和演習，以確定軍艦全部維修完畢、再次出港時，軍官和士兵能很快進入情況。

回到加州時，三年的海軍生涯告一個段落，回家去考慮下一步該做什麼，找個工作或者自行創業，但做什麼，我不知道，因為身無一技之長。只曉得無論如何，必須給自己找一個出路，這是一個成年男子無法避免的；當初上軍校，去臺灣服役只不過是讓我「偷到」三年時間不需要去思考以後究竟要做什麼。現在再無法躲避了。就在我和同事依依不捨的道別時，海軍有關單位給我來信，由於越戰開始吃緊，他們要勸留更多低階的海軍軍官。開始我可沒興趣，後來他們說如果我願意延個兩、三年再退伍，我想去哪裡他們就派我去。啊，正中下懷。去臺灣怎麼樣？他們很爽快的答應了。幾天之內，一切就敲定，我很快就收到新的派遣令，到臺北去，去美軍顧問團海軍人事處。

剛抵達臺北時住什麼地方記不得，大概是飯店或者軍官的營房吧，一定是臨時找個地方先住幾天，因為馬上就得去新的工作單位報到。辦公室是在離圓山不遠的大直，附設在中華民國海軍總部，在海軍總司令馮啟聰上將的辦公室旁邊的大樓。報到之後第一件事自然就是找房子。跟上次一樣，一個即將回美國的軍官及時出現幫我解決問題。他當時住連雲街六巷四號一個日式房子，在仁愛路和信義路之間，房東是姓廖，叫廖修鍾，他家住在仁愛路，離出租的房子不遠。我就把房子續租了，完全沒有料到廖先生以後在我的人生會扮演相當重要的角色。

廖先生當時在連雲街巷子底有兩棟規格大小完全一樣的日式房子，一左一右，我租右邊那一棟，有三個房間，其中兩個都有六個榻榻米大，第三個小一點，在前邊，鋪著原木地板，有一個開向巷子的窗戶，用來當書房。後面有廚房、廁所和帶有日式澡盆的浴室。房子外有牆圍起來的小院子，真的是獨棟獨戶。後院還有一個獨棟的小房子，蓋給傭人住的。這條巷子十分幽靜，不幸的是，旁邊就是一條髒水溝，小小窄窄的，但臭氣沖天。一年多以後，左邊那個房子的房客，也是個美國海軍軍官，回美國了，我就換去住他那一棟，離水溝稍遠一點，空氣比較清新。我原先的房子也租給美軍軍官，他退伍後留在臺灣，後來跟太太離婚，受戒出家當和尚。

前面說過，我在臺灣有無數美好的回憶，其中不少是從這個房子開始的，可以說，這裡是我這一輩子住過最舒服、最令我滿意的地方；不但大小合適，而且應有盡有。住這個房子給我帶來許多平生第一次的經驗，比如睡榻榻米。睡了一輩子床的我，很快就習慣這個我認為很文明的睡法，好像生下來就有睡地上蓋棉被的習慣。平常讀書寫字就在前面的小房間，用廖先生的一個工人幫我做的一個書桌。那是古老手工打造的書桌，完全不用一根釘子也堅固無比，桌面是一塊光滑的木板，密接得嚴絲合縫；下面用兩個箱型的「桌腳」架起來。我從來沒看過這樣的桌子，親眼看他一點一點地把桌子做好，敬佩得不得了，現在這樣的手藝也難得見到了，我特別珍惜，不但回美國時把桌子運回來，後來陸陸續續搬了好幾次家，不管怎麼樣都把它搬去；儘管現在外頭賣的書桌式樣新穎，又便宜而且帶抽屜，我也捨不得扔掉那個快五十歲的桌子。還好搬家時，把桌面從桌腳卸下來就可，特別方便。還有一次，看他把我的榻榻米換新面，也是精密的手工，我們倆沒有一句共同的語言，但他一定能看出我多麼敬佩他的手藝。

用日式的澡盆也是平生第一次。剛開始有點不太習慣，第一，得先燒一大桶熱水；第二，要先沖個澡才泡；第三，對美國人來說「坐浴」也特別新奇。後來慢慢泡出興趣來，有時候下班回來特別累時，就會不厭其煩的燒熱水，然後把自己泡得像一隻燙過熱水的紅蝦子。回到美國後就再也沒有機會泡了。

其他的「第一次」太多了，數都數不清。比如，訂製了平生第一件長袍和棉襖。長袍是深藍色的，冬天寒流來襲，晚上看書時穿著十分保暖。穿到破舊還捨不得扔，跟那個書桌一樣。我還記得，有一天不知為什麼到士林去，在街上悠然散步時，看見了一家賣各色各樣的熱帶魚的店。從小到大，我想都沒想過養魚，此時卻決定買一個水族箱和一些魚放在家裡養。熱帶魚比金魚漂亮多了，可是特別難養，起初死的又多又快，後來慢慢懂了一點養魚之道，比較強壯而又有生存力的種類，勉強可活個幾個星期讓我欣賞。不過到最後覺得既麻煩又費錢，乾脆把水族箱送給一個朋友。後來聽說他所養的魚有的活了一年以上。英文裡形容一個善於種花草的人就說這人有綠拇指，不知會養魚的人應該怎麼說，是有水拇指吧？

這一次到臺灣，美國政府出錢讓我把原先在美國買的車子運到臺北，那是雪佛蘭的跑車，但我平常喜歡走路，那時臺北街上沒有什麼車子，走路特別舒服；只要不太遠，走路能到，我就不開車。但辦公室在大直，得開車上班，到中山北路的海軍中心的福利社買美國進口的東西或理髮、看電影等，也得開車。住的房子在巷底，停車很方便（當然那時即使是臺北，有車的人家也不多，不像現在停車難——這又讓我想起一件非常好玩的事：有一年到臺北，跟黃春明約好去吃飯，他開車來接我，才開一條街，看到一個停車位，他開玩笑說：「啊，就停這裡，我們走路或者坐計程車去餐廳吧。要不然到了餐廳附近絕對找不到停車位。」）

住了好幾個月後的某一天，走路經過新生南路和信義路口的一家寵物店，看到一隻黑色的小臘腸狗。小時候我們家也養過一隻臘腸狗，叫 **Cinderella**（灰姑娘），很可愛也很通人性，寵物店的那隻讓我回想到童年，所以那天我毫不猶豫的就把牠買下來帶回家去。不是母的，不能叫灰姑娘，一時也想不起來該叫牠什麼。人們總以為給孩子取名字難，其實給寵物取名字一樣難，或許更難，因為要比較像動物的名字，但又不能太像，要跟人的名字有點相關，但不能完全一樣，一隻狗叫光華或衛國不是有點奇怪，甚至可笑嗎？後來一個姓魏的朋友幫我想想，說叫「小鬼」怎麼樣？那時我已經開始學中文，還在一年級的階段，但經他用英文解釋以後，覺得還滿合適的，因為這隻小狗精力過剩，亂蹦亂跳，真有一點小鬼的樣子。小鬼和我過了幾個星期快樂的日子後，有一天有人趁我不在家，進到院子裡把小鬼偷走了。我氣得不得了，但至少心裡還有點安慰，因為有人跟我說，小鬼是純種的臘腸狗，被人偷了，絕對不會變成狗肉臘腸；一定是經過我住的房子，看到那麼可愛的名種狗，就把牠偷回家去陪伴他們的小孩了，也有可能是把牠賣掉賺錢。我每天上班，狗自己一個人在院子裡，很可能會對來往的人或狗亂叫，恐怕也不是最好的。從那時開始，我在臺灣就不再養寵物（回美國很多年後開始養貓，覺得貓更適合我的生活方式；貓很獨立，我呢，成天關在書房做翻譯，我們有點「老死不相往來」的感覺。貓肚子餓了，來書房門口叫我，我餵牠，牠吃飽了就一邊睡覺去。我想跟貓玩，就去摸摸牠，拉拉牠的尾巴，聽牠打呼嚕，然後依舊回去做翻譯，看書。我們從來不會抱怨對方不太理睬我們。不像養狗，每天得至少遛兩次，我現在住的地方冬天常下雪，看到鄰居冰天雪地，穿羽毛雪衣，戴帽子手套，圍圍巾，全副武裝去遛狗，我就很同情，但也覺得何苦呢？）。

在信義路的寵物店旁邊有一個湖南餐館，離我住的地方很近，有一天我決定進去點幾個菜帶回家去吃。老闆問我要不要辣，我想起自己在南加州時常吃墨西哥菜，也帶辣，所以就很阿莎力的說：「要。」帶回家，吃一口，辣得我鼻涕眼淚直流，喉嚨好像火燒一樣，不知道連續喝幾口啤酒才好不容易讓舌頭回復知覺。菜買回來了，丟掉太浪費，不能再像剛到臺灣第一天把剩餘的菜倒進抽水馬桶，所以靈機一動，用開水把菜全部「洗」過一、兩遍，不那麼辣，終於可以入口了（人家做飯前洗菜，我是吃飯時洗，也是一絕），只是變得淡而無味，一點都不像湖南菜了。

為什麼會「淪落」到這個辣得找不到舌頭的地步，主要就是因為自己不會做飯。不少單身男子因為需要而練就一身烹飪手藝，我卻不是那號的人才。另外，我也愛上了中國菜，所以當然要在餐館吃，或是買回去吃。做點簡單的早飯，沒問題，因此早飯都是在家裡吃。午飯，除了週末以外，去軍官俱樂部吃。晚上在外頭吃，偶爾朋友請我到他們家吃飯，那就是一大享受了。不管怎麼說，對當時賺美金的人來說，吃在臺灣實在味道好而且夠便宜——也就是美而廉吧。點一碗麵外加幾個小菜，或者一盤餃子，都只要一，二十元臺幣，還不到美金一塊錢，每次都讓我有點不安，好像占了臺灣人的便宜似的。

我本來不是一個好吃、懂吃的人。從小，除了一些愛吃的甜點外，母親在我面前放什麼，我就吃什麼；母親對吃的態度習自外祖母，有營養，能吃得飽，就夠了，很少講究口味。可是第二次到臺灣，我慢慢地學會了吃，不是非得吃昂貴美食不可，只要做得美味就可以。比方說，小飯館做的蛋炒飯，那麼普通的菜，吃起來真讓我開心透頂了。到現在，我要說有什麼拿手菜，那就是蛋炒飯。後來在臺北學中文時，因為已經變成一個相當好吃的人，即使中文程度還不好，就開始要求老師教我一些菜名，還記得第一道菜是糖醋里肌，老師教我怎麼說以後，就得意洋洋地去飯館點菜，說得算標準所以沒點錯。糖醋里肌，甜甜酸酸的，是一般美國人都喜歡的中國菜之一，也是我的口味還沒有精緻化以前必備的，當然也是因為中文有限，吃的也就很有限了。那時臺灣／臺北還沒有那麼國際化，通英文的飯館不多，這可以說是我努力學中文的動力之一！有一次跟中文老師去吃飯，他點了螞蟻上樹，菜名對初學中文的人來說特別有意思，我還真以為是吃螞蟻呢！在美國時聽人說中國人四隻腳的除了桌子、椅子以外不吃，什麼都吃，而我海軍求生訓練時都吃過蚯蚓之類的，螞蟻有什麼可怕！菜送來了以後，才知道根本不是螞蟻（我們老外常常被菜名騙了，魚香茄子沒有魚，佛跳牆跟牆一點關係也沒有）。吃了一口，真是太好吃了。螞蟻上樹從此成為我愛點的菜之一。後來不吃肉以後就再也不點了，想起來有點可惜。

另外，早在我到臺灣沒多久就愛上的一道小吃是臭豆腐。每天等臭豆腐攤子來，可以說是望穿秋水。剛聽到賣臭豆腐的老頭從巷子那一端遠遠走來，一邊拖著沙啞的長聲——臭——豆——豆噢——噢——腐（不知是哪個地方的口音，四聲完全不標準，但我只認聲音不認聲調），我會趕快拿著盤子跑到外頭去買一盤。老頭把炸好的臭豆腐放在盤子裡，再夾一些泡菜，然後加點調料，我總嫌調料不夠，非得自己再加不可。攤子上擺著一小缸一小缸的調料，我每一缸都得舀一勺，現在吃東西口味還是很重，大概是從那時候開始的。老頭就看著我搖頭直笑。買了幾次以後，他乾脆把攤子推到巷子底，讓我方便一些，不用從巷底跑到巷口了。奇怪的是，後來再吃到的，總沒有六〇年代時吃的那麼可口，不知是不是我的回憶把它美化了，還是「一代不如一代」。許多朋友，包括臺灣人，都吃不慣臭豆腐，說是太臭了（不臭才怪，那還算是臭豆腐嗎?!）。聽說我愛吃，簡直不可思議，他們會說，「葛先生，你比我們中國人還像中國人。」沒想到要當中國人這麼容易，吃幾口臭豆腐就行了！

還有一個想起來就要流口水的點心是肉粽。不知道為什麼賣肉粽的總是晚上來，有人跟我說是專門當宵夜的，給打麻將的人或挑燈苦讀的學生吃的；也就是說你要是太早上床就吃不到了。來我家附近賣肉粽的，也不是每天來，後來我才知道他是臺灣人，我聽到的是臺灣話（不像賣臭豆腐的是大陸腔的國語），他家裡人多，白天還有一個正規的工作，晚上抽空賣肉粽，貼補家用，不是每天都有空做粽子。不上班的晚上，坐在家裡的小房間，聽到他的叫賣聲，就覺得特別溫馨。走到巷子口去買一個，帶回屋子裡，把粽葉打開，熱氣騰騰，撲鼻而來的是粽葉的清香，大咬一口，甘甜的糯米以及濃郁的醬油和豬肉味，好吃極了。

那時候，臭豆腐和肉粽的叫賣聲是我最喜歡的市聲之一，給我平淡無奇的生活帶來許多樂趣以及口福。有一段時間，附近也有人吹簫，或許是笛子也不一定，那時我還沒有能力判斷。都是在夜深人靜時，聽起來很像在給我催眠。有一天，我聽到一個完全不同的叫聲，搞不清楚到底在賣什麼，好奇心驅使我出去看看，看到一個人推著一大車香蕉，推車堆得滿滿的，竟然也不會掉下來。我愛吃香蕉，走過去給他五塊臺幣，心想大概可以買個兩、三條香蕉，一個人吃個兩、三天正好（香蕉很熟了）。誰知道他竟然遞給我三大串，數一數，一共二十八條。天哪。我一個人吃，要吃到什麼時候才吃得完？想方設法，送走了一些，自己一天吃兩條，好不容易吃完了。從來沒有看到有人那樣賣那麼多香蕉，我打聽了一下，聽說臺灣和日本有什麼貿易或外交方面的糾紛擺不平，一大船出口日本的香蕉就被拒在日本港口之外，只好又運回臺灣在過熟爛掉之前想辦法賣完。我很高興自己出了點小力——五塊臺幣，幫忙銷掉二十八條香蕉的小力。奇怪，到現在每每碰到那數字——二十八——就會聯想到香蕉！

值得一提的是，在美軍顧問團工作期間我去過香港幾次，大都是坐飛機去，還有一次是在一九六五年，我們的船在香港停留相當長一段時間。因此我對廣東菜滿熟悉的，特別是廣東粥，在香港到處都可以吃得到，不過最讓我回味無窮的卻是在一艘中華民國的驅逐艦上。當時馮啟聰總司令邀請我的上司，美國海軍顧問團團長歐斯上校，一起去巡視金門和馬祖。他要我也跟著去，當個副官。馮是廣東人，午飯吃的就是廣東粥。我從來沒有吃過那麼好吃的粥；臺灣菜的地瓜稀飯也是我愛吃的，可是兩者可以說是天壤之別，前者可以單獨吃，後者則得配菜脯蛋或油炸花生才夠味。當時能去金門、馬祖參觀大不容易，我記得從一架高級的望遠鏡裡看到臺灣海峽對岸的福建海灘，當地的軍人把大陸發射過來的炮彈殼送來給我們看看，另外我也買了不少金門高粱酒和馬祖醋。所以可以說，我的「金馬獎」經驗與眾不同，我敢說沒有幾個美國人有在臺灣海峽上吃廣東粥的經驗。

我在顧問團工作的時候經常出差，有時到中部，但最多是到高雄和左營為海軍組的組長歐斯上校辦一點事。除此之外，很少出遠門。不上班的時候，要是有空，就到臺北附近的觀光地點去看看風景，如野柳、烏來、基隆等，或者找個餐廳吃便飯，包括最常去的西門町一條龍餃子館，偶爾買點東西，也會去逛書店。因為辦公室只有我一個人管人事等零星的工作，不能夠隨便四處旅行，因此臺灣很多值得去的地方得等退伍後才能去。像澎湖、花蓮、宜蘭、臺中等地都是幾年後才去玩的。

有一天上班時，臺灣海軍的一個小軍官（軍階低，不是個子或年紀小）問我想不想請個傭人幫我做飯打掃房子，同時也算幫他一個忙。原來，他太太的一個遠房親戚住在南部鄉下，有一個十多歲的女兒想送到北部來工廠找工作，賺點錢減輕家裡的負擔。如果可行的話，就讓她到我那裡幫傭幾天，直到她找到工作為止。前面說過，我租的房子原本就有一個專供傭人住的小房間，方便極了，另外每個月只要付她四百塊臺幣，換算成美金，就是十元！這人工太便宜了。我知道在臺的外國人大部分都請了傭人，不過我生活簡單，實在沒有必要，但是這個小軍官也算是朋友了，不幫他一個

一九六八年，連雲街的房子，房東是廖修鍾，這是我這輩子住過最滿意的地方，日式房子，獨棟獨戶。

連雲街房子裡的日式榻榻米，與愛犬臘長「小鬼」。小鬼被偷抱走以後，在臺灣不再養寵物，回美國以後開始養貓。

小忙，好像也說不過去。好啦，幾天後，那個女孩，阿香，帶著鋪蓋來了。她有她的房子，我有我的地盤，基本上不會互相干擾；再說，我們兩個人的國語都不太靈光（她只會說臺灣話，加上一些簡單的國語，而我才剛開始學國語），還沒有好到會溝通不良的地步。她每天把房子打掃得乾乾淨淨的，也給我做了幾頓飯，我就開始常在家吃飯。

當時在臺灣的美國人一般都訂英文報紙，叫《中國郵報》。我也訂了一份，每天早上送到家裡。阿香來了幾天以後報紙突然送得零零落落的，有時有，有時沒有。那時報紙來以前我就出門上班去了。也無法問送報的人究竟怎麼回事。一天下班後，用蹩腳的國語問阿香那一天早上有沒有看到送報的人，說了半天，她似懂非懂，然後突然大叫一聲，「哎呀！」接著往後跑去廚房拿來當天和前一天的報紙。怎麼報紙會在廚房？難道她懂英文，會看報？不可能吧。她看起來很不好意思，我不便追問，再說，問也不知道怎麼問。幾天後，終於水落石出了。她的表姊夫，那個小軍官，來我那裡，我提起報紙失蹤的事，他幫我問了阿香，聽了阿香的回答以後他哈哈大笑，笑得差點要流眼淚了。原來，阿香跟他說，臺北畢竟是首都，什麼都比鄉下進步，甚至每天還把點火用的紙送到家，方便居民生火做飯。我當然也捧腹大笑。她呢？只能臉紅了。那之後沒多久，她就在三重的工廠找到工作，去當女工了。有時候我看報紙的時候就會想起阿香，不知她如果繼續做下去，又會發現臺北哪些地方比鄉下進步！希望她生活一切順利如意；或許她什麼機緣湊巧學會看英文報也說不定。

住連雲街那段日子裡，印象最深刻的要屬一個重級地震，震得房子都開始搖晃。跑到外頭去，看到我的車子跟著地面的晃動一起一伏的，好像在海上行駛的船，又彷彿是有個巨人把車抬起來當玩具耍，那個景象太特別了，我看得入迷都忘了害怕。住過日本房子的人都知道，這種建築是防震的。我的住處一切如故，沒有任何損失。倒是外面的公寓大樓晃得厲害，損害頗嚴重的，一些水泥塊掉落地面。不知道裡面是不是更糟糕。

在連雲街住了一年多以後，我搬到廖先生的另一棟房子（現在已經想不起為什麼搬家了），好像是多了一個房間，也是日式鋪榻榻米的老房子，如果記得沒錯應該是仁愛路二段九十九號，我在那裡住到從海軍退伍。搬去之前，我把車賣了，好像還賣了不少錢。另外還賣了一些當時在臺灣純屬奢侈品的東西，如冰箱和冷氣機，都是原封未動，沒拆箱的，拆了就算二手貨，賣不到好價錢。當然這都是黑市，臺灣那時的冰箱、冷氣等等完全是進口的，要付很高的奢侈品稅，我們這些在美國駐臺單位工作的人，不用付稅；我們賣給黑市賺點錢（這不算犯法吧?!），黑市轉賣賺錢，買的人也占便宜，唯一吃虧的就是中華民國政府的國稅局。

仁愛路的房子也有院子，院子裡有一棵芒果樹，我還養過幾隻雞呢。很可能是別人託養的，我是典型的都市孩子，吃過雞肉沒看過雞走路，絕對不會想不開去養雞。仁愛路比連雲街熱鬧，交通也繁忙多了，也比較吵，尤其是附近的小孩來打芒果的時候，吵死我了。我有時會跑出去，本來是想摘幾個芒果讓他們帶回去，圖個清靜，卻總是落得個「阿豆啊」（阿凸啊），他們看到我，就跑了，還一邊笑我的高鼻子。

隔壁的鄰居是一個年紀很大的美國人，據說是退休的老師和他的妻子／女朋友（無人可以確定他們的關係究竟為何），那個女的原本是美國老師的傭人，聽廖先生說（他也是他們的房東），那個太太以前當傭人時常被老闆娘欺負，她變成老闆娘以後，轉過來虐待自己的傭人。這我倒不知道，唯一清楚的是美國老師和太太一天到晚吵架，常常大打出手，不時可以看到垃圾桶滿是打破的東西，盤子和碗不用說，鏡子也打破了好幾個。不過我和他們相安無事，見了面總是客客氣氣的打個招呼，完全沒有來往。

仁愛路這個房子的月租是一千塊臺幣，水電費另外收，換算成美金還是很便宜的。一個人住非常舒服，偶爾有以前海軍的同事來臺北，也很方便。榻榻米是現成的床，只要加一床棉被就可以，夏天熱，甚至連棉被都可以省了。臺灣離美國畢竟太遠，不常有朋友來訪，所以一有人來，總讓我特別興奮。我們一起重溫軍隊生活，到美軍俱樂部吃飯、撞球，或者逛逛酒吧。朋友一走，我就又回去過平淡的日子。房東廖先生每個月親自來收房租，我們總會坐下來聊天。我想他完全是可以讓手下的人來取，或者讓我送去，但他似乎特別喜歡自己來。他的到來也給我平添樂趣，他的英語說得相當好——他也說非常流利的日語，只可惜我得等七、八年後才學會說日語——所以我們總是聊得很愉快。

後來我買了一輛腳踏車，可以去更多地方「探險」，走路走不到的，不用再仰賴計程車或三輪車。那時的臺灣民風樸實，自己一個人到處「趴趴走」，不擔心安全問題，唯一讓我害怕的是騎車上新生南路，當時在臺的美國人管那條路叫運河路，因為是沿著溝渠，毫無遮攔，一不小心就會掉到溝裡去。那時臺北的計程車司機駕駛技術不太高明，交通規矩對他們來說算是可遵守亦可違背，習慣霸占整條街，橫衝直撞，常常看起來好像要把我撞到人行道上似的，因此騎車時也必須時時刻刻留意，很慶幸從來沒有發生過意外。每個星期至少一次會騎車到中山北路的敦煌書店，買盜版的英文小說和任何有關臺灣和中國的書。從協防司令部工作期間開始，我已經讀書成癮（不再像大學時看到書就頭疼），但那時工作比較忙，看的書不多。我也喜歡騎車到臺大附近，那裡的各色小吃店、小攤子、小飯館，都是我的最愛，特別是臺大附近已經有難得的咖啡館，可以過過癮。

有一樣東西要特地指出，因為它成為我在臺時絕對少不了、而不在臺時總是深深惦記的可口物品，即燒餅油條，加上或甜或鹹的豆漿。我從小就愛吃澱粉類的東西，鹹的如麵包、馬鈴薯、麵條，甜的如蛋糕、餅乾等，我都愛吃。燒餅油條第一次進入我的生涯應該是在永和吧。是怎麼樣去，跟誰去，我毫無印象，可能是食物本身把所有其他印象給抹滅掉了。我絕對吃了不只一個，年輕人胃口總是特別好，更何況是吃那麼美味的東西。

第二次來臺灣，吃了無數頓中國菜和臺菜，自己特別喜歡的菜也多了——比方說，菜脯蛋。洪範的葉步榮先生，每次請我吃飯都是去福華飯店地下室的臺菜館，一定會點這個菜，配地瓜稀飯，有時加一盤炒空心菜、白斬雞、蒸魚，或者乾煎蝦等等（他知道我不吃豬肉或牛肉之類四隻腳的）。另外我也喜歡蚵仔煎和油飯，不常吃但是每每有機會到原來的圓環區就必須各吃一盤。原以為圓環的攤子消失了以後，這個東西就再也吃不到了。錯了！沒多久以前偶然在臺北一〇一的美食街找東西吃時，就碰到一家賣蚵仔煎，當然非得買一份來吃不可。說實話，吃得很過癮，只是沒有記憶中的那麼可口（有人說到士林的夜市就能吃到正宗的蚵仔煎；該去看看，嘗嘗吧）。說到這兒也應該提提甜點。對我來說，臺灣甜點的定義就是麻糬。麻糬有好多種，我最喜歡的是福華飯店地下室臺菜館附送的飯後甜點，小小的，上面灑花生粉和功夫茶一起品嘗的，又香又Q，回味無窮。可是不能天天去福華吃飯，要吃麻糬怎麼辦？有一年到臺北時去逛一〇一，突然看到地下的超級市場 Jasons 裡有一家邊做邊賣的麻糬攤。買了幾個不同口味的，做法不完全一樣，但是一樣好吃，每次去都會買一盒。後來再去，那個攤位卻不見了，問了人哪裡有賣，有人說只有元宵節才吃得到，有人說到哪個夜市去找找，還有人說街上看看，我雖然好吃，還沒有好吃到像傻子一樣滿街亂走找麻糬，只好作罷，等下次去福華再說。幾年前到臺北，和老友黃春明夫婦吃午飯，問了他們，他們也說不太清楚。我想或許麻糬太過於鄉土，現在的人比較嚮往葡式蛋撻之類的新鮮洋玩意，反而不太愛吃本土的東西了。那天晚上在旅館突然有電話，是春明夫婦，說是有事上來談一下。他們上來之後，我才曉得原來是專程給我送麻糬來的。我感動得不知該說什麼，要是在美國用英文，我絕對可以想出不少得體的感謝的話，可是用中文就很局促，不是中文不好，是因為我跟春明幾十年好朋友（稍後會仔細談我們的友誼），一切隨性，真的要正式道謝反而覺得彆扭。他們離開後，我才想到這一盒麻糬一定「得之不易」，不知道他們問了多少人，開了多遠的路去買來的。從此以後，在臺灣吃麻糬就有了特別的含義了。

一九六七年末，我覺得海軍生涯應該告一個段落，雖然美國政府希望我繼續工作下去，我自己認為當了幾年海軍也就夠了（前面說過，父親一直希望我能升上將，但我想我不是那塊料），該改行做別的。現在回想起來，那真可以說是具有關鍵性的時刻，因為做了幾個決定人生方向的選擇，其中之一就是專心學中文（容後文詳細說）。退伍就沒有薪水，每個月只領一份美國政府鼓勵退役軍人上學用的獎助金（G. I. Bill），廖先生的房子就貴得付不起（房租好像漲到兩千臺幣一個月），不得已得從那個我非常喜歡的房子搬出去。

這次搬家，又多虧廖先生的幫助，我搬到他在信義路的一個巷子裡蓋給工人住的公寓，我住二樓的一個很大的房間隔出的一小公寓：有一個客廳，一個臥室，一個小得不得了的廚房，加上浴室。剛開始很不習慣，十分想念連雲街巷底和仁愛路上，有榻榻米、有日式浴桶、也有前後院的日本房子，可是後來當然慢慢就好了，只是我對這個公寓沒有什麼特別的感情，後來搬走也毫不留念。

公寓一樓住的人姓謝，一家四口，一樓和二樓的格局完全一樣，所以他們的公寓住四個人有點擁擠。我跟他們處得很融洽，特別是謝先生，他那時不工作，可能是已經退休的公務員，或者身體不好便提前退休，記不清了。謝太太常去朋友家打麻將，孩子去上學，通常是謝先生一個人在家，樓上樓下，安靜得很。公寓通風不良，他們做飯時，我在樓上都可以聞到，幸好他們不炸臭豆腐！他們人很客氣，把腳踏車停在他們門外，他們也沒有意見。我們可以說是相安無事。偶爾回想起來會無聊地猜想他們一家四口到底靠什麼過活。

這期間，常常會碰到幾個德國留學生，他們大概也住在附近，因為我們經常出現在同一個地方吃飯。一個用篷子靠牆搭起來的「飯館」，篷子下擺著幾張桌子，幾把椅子和長板凳。油膩膩、髒兮兮的，東西不難吃，最重要的是，便宜得很；五塊，十塊臺幣就可以吃得飽飽的，另外還有「秀」可以看——看蒼蠅不小心撞到油膩的牆上被黏住，飛不掉了。記得附近有一個小電影院，叫白什麼的，我從來沒去那裡看過電影，而那個攤子大概也做看電影的人的生意。幾次下來，就跟那幾個德國學生聊上了

（一定不是用中文聊的，他們歐洲人大都會說英文），其中一個人的父親竟然是希特勒的青年團團長！有點不可思議。他父親於第二次世界大戰結束時向盟軍投降，紐倫堡大審時被判刑，後來在西柏林的監獄服刑二十年。他為什麼會想到要來臺灣學中文呢？我沒問他這個問題。不過，對那個年紀的德國人來說，父親的罪行是他們必須面對的，雖然他們自己並沒有迫害猶太人。我後來在網上查到他的名字，發現他一生的工作都與中國有關。

離開部隊後我沒有馬上回美國，如我前面所說，是為了專心學中文。當時臺灣師大的國語教學中心剛開班沒多久，對我來說是一個再好不過的學校。每天早上起床後，先到信義路對面的甜心豆漿店買一碗豆漿、一套燒餅油條帶回家吃，然後騎車到麗水街靠近和平東路師大圖書館後邊的小樓去念一個上午的中文。總共只有半年左右，後來家裡來電報說父親生病住院，情況不甚樂觀，中文課當然就不上了。把幾件簡單的家具和其他東西送人，與廖先生告辭，便再坐一次軍用飛機，離開前後總共住了五年的臺北，回美國去了。

書店、燒餅與咖啡——吃住在臺灣（三）

在臺工作讀書的日子結束之後，就再沒有機會長期在臺灣居住，但是去得很頻繁，短則幾天，長則一整個暑假，每次回臺灣，就有回家的感覺，還是跟以前一樣，喜歡到處走。比起香港或中國的許多城市，臺北是一個滿適合走路的城市，行人一般很規矩，不會亂衝亂撞，行人道鋪得也算整齊（臺北居民可能不同意），雖然有些地方人多，但總有清靜的角落，我特別喜歡社區公園，小巧玲瓏，花草樹木都整理得十分賞心悅目。

如果天氣不那麼濕熱的話，不管到哪裡我還是會走路去；但是這幾年，不知道是年紀大了怕熱，還是全球暖化，覺得臺北越來越熱了。有一次，從濟南路要走到金山南路的樂學書局，才走幾條街就滿身大汗，臉上濕得彷彿被雨淋了，正好看到一家便利商店，趕快進去買一條毛巾擦汗。這也是臺灣讓人喜歡的一點，便利商店幾乎可以說是每走五步就會有一家，真是便利。

我喜歡去的地方很多，包括國立圖書館、西門町、建國橋下的假日花市及玉市（在那裡買檀香帶回美國讓屋子餘香繚繞）、臺北一〇一、誠品書店、臺大附近（我在臺大開會、演講過）等等。特別有意義的還有二二八和平紀念公園（當年的新公園，白先勇《孽子》的場景）；當然臺大附近一直都是我常去的。最近十幾年又多了一個地方——臺灣今店（也在臺大附近的巷子裡），他們賣各種各樣有關臺灣的書籍、電影、音樂、海報、衣服、裝飾等等。我在那裡買了不少東西，印象最深的是有關臺灣花草的雙語詞典（臺灣作家有不少喜歡在小說裡提起各種植物，對他們來說有時很重要，具有象徵性，有時並沒有特別的意義，隨手拈來就放到小說裡去，但做翻譯就得辛辛苦苦的去查這些花草的英文名字，有詞典方便多了），還有一張當年荷蘭人畫的臺灣地圖的複製品，不但把臺灣橫著畫，而且把中國大陸放在角落邊邊，小得不注意就看不到，特別有意思。另外一個以前常去的就是上面提到的樂學書局，他們專門賣古典文學書籍以及現當代文學作品，以前教書時常會跟他們訂購或者代學校的圖書館訂書。退休後就不去了。想想有點不好意思，樂學的老闆，黃新新，服務周到，對人特別熱情，每次我去，總要請我吃飯，盛情難卻時就跟著去，但心裡總替她擔心，賣書賺不了大錢，她請吃飯，我不就把她的利潤全吃光了嗎？

另外還有一個我並不熟但覺得特別好玩的是萬華，華西街，美國人管它叫蛇街，當然是因為那裡賣蛇肉、蛇膽。我去過一、兩次，不是特別有興趣，只是自己是老外，似乎不去一次萬華有點說不過去，而美國的朋友到臺灣觀光，我也得陪他們去看看，讓他們有全臺灣名勝都「到此一遊」的經驗。

有一陣子每次到臺北都會借住李昂在濟南路的公寓（那個房子空著時不時會有她的各國好友來借住，包括後來過世的臺灣之友，德國學者——馬漢茂），街上有一家燒餅豆漿店，離那個公寓很近，走路不到五分鐘。每天早上我總要去買一套燒餅油條和豆漿，有時也在店裡吃。來吃的不少是學生，也有上班族，都是男的，讓我覺得很新奇（當然我也是男的），有時一邊喝滾燙的豆漿，就會很無聊地猜想這些男顧客是不是沒有媽媽或妻子（或女朋友）做早飯？（我知道這樣想實在太傳統了——為什麼一定是女人做飯呢？）或者，為什麼幾乎不見任何女顧客在店裡吃早飯？

後來朋友聽說我喜歡燒餅油條，推薦一家非常有名的豆漿店，不過不是在永和，有名到美國一個專拍世界美食的電視節目都來試吃拍攝，當然我也去光顧了，的確好吃，不過離我那次住的旅館實在太遠，走那麼遠的路去吃，回來後肚子又餓了！

最令人回味的燒餅油條是在嘉義的中正大學吃的。幾年前去開李昂作品研討會，住在學校的招待所，附近也找不到燒餅油條。原來以為大學附近，一定滿街都是，沒想到不是賣飯糰就是三明治、漢堡之類。一天早晨，會議主辦人之一的羅林（Rollins）教授在傾盆大雨中送來燒餅油條。那是我們第一次見面，他的熱誠令人難忘，我們後來成為「筆友」（用電子郵件交談），不過不是因為燒餅油條的關係！

大部分的時候到臺北都是住旅館，最常住的是廖先生家開的福華飯店，英文名字叫 Howard Plaza Hotel，我常想廖家在給旅館取名字時，是否從我的名字得到的靈感（因為老實說福華的意思跟 Howard 沒有關係，聲音也不那麼像）。我從來沒有問過他或者他弟弟廖東漢（我們是他到美國念書時認識的，廖先生的女兒在舊金山州立大學念書時也上過我幾門課）。廖家兄弟多，個個各有專長，廖修平是一個很有名的版畫家，福華飯店的房間、電梯和大廳等等都掛滿了他的作品。我家也有兩幅他的大作，一大一小，大的是《中國時報》人間副刊前任主編高信疆送的，小的大概是自己買的，記不得了。福華的咖啡廳，是我與不少臺灣作家文人相聚的地方。

除了福華飯店，我有時也住遠東大飯店（英文是 Shangri-la，在臺灣以外的地方都叫香格里拉飯店），老闆徐旭東是美國聖母大學的董事，我在聖母大學期間見過他幾次。幾年前他慷慨解囊，捐助一筆錢，獎助中文系的學生到臺灣的輔仁大學上一個

與另一位臺灣之友馬漢茂在臺北附近合影。他與我都曾借住在李昂濟南路的公寓。

廖修鍾是我在臺北居住時的房東，廖家老九廖東漢的女兒，在舊金山州立大學曾上過我幾門課。照片左起為廖修鍾、王孝廉、我、廖東漢。

暑假的中文密集班，已經栽培了不少美國學生；後來那個中文密集班的獎學金，由另外一個臺灣到美國創業有成的劉先生夫婦提供。因為住那個旅館，又發現一個吃東西的地方：旅館隔壁的遠東百貨地下美食街，有一個朱記餅家，我最喜歡他們的素餃、花素餡餅、蔥油餅、小米粥，還有小菜，味美價廉，非常平民化的消費以及方式——小小的桌子併得很近，隔壁人吃什麼，說什麼，都看得聽得一清二楚的。他們生意特別好，有時候去晚了，小菜就沒了。另外，隔壁還有一個小小的咖啡店，他們燒煮的咖啡非常濃，很對我的胃口。說起咖啡，前幾年常去福華飯店旁的一家 Charlotte Café，非常袖珍的店面，彷彿是建築師設計時留下來的小空間，不知該做什麼用，正好拿來開咖啡店。他們的卡布其諾，要等個十五分鐘左右，但絕對值得，香、濃、醇，上面的圖案也很精緻，要一小口、一小口品嘗，餘香留齒，是歐洲咖啡文化的最佳體現，不是牛喝水似的咕嚕咕嚕兩、三口喝完。回美國跟朋友說我喝過最好的咖啡之一在臺北，沒有人相信。

在臺灣，我也住過大學宿舍和朋友家。最難忘的是有一次殷張蘭熙創辦主編的筆會季刊有一個姓劉的助理，一家人出門旅行，房子空著，剛好我到臺北，她很熱心，讓我去免費住幾天，唯一的「條件」是我得幫他們陽臺上的花草澆水，乍聽之下，這簡直是不可多得的省錢的好方法，後來才知道沒那麼單純。公寓在十樓，可以眺望國父紀念館。從海軍退役後不知哪一年開始我突然有了懼高症，到十樓只有低矮欄杆的陽臺去給花草澆水簡直要我的命。我還是澆了，大概是閉著眼睛，或者從屋子裡往外使盡力氣潑過去，還好，主人回來時，植物都活得好好的，要不然真的要讓我很愧疚。想不到這次的經驗還滿有收穫的：幾年後，我在《中國時報》發表了一篇文章叫〈懼高有理〉，再後來我把文章濃縮改寫成一個英文的極短篇，都歸功於這一次從上往下看國父紀念館的嚇人經驗。看，懼高真有理！

許多到臺灣的窮教授，窮學生，都住過基督教青年會（YMCA）的會館，我也不例外。會館在臺北火車站對面，希爾頓飯店後面。老朋友劉紹銘也常住那個我們外國人簡稱為Y的地方。劉紹銘當年以二殘為筆名寫《二殘遊記》在臺灣赫赫有名，下飛機，連出入境管理局的人都知道他是誰。有一次我們不知為什麼一起去一個百貨公司買東西，櫃臺小姐知道他就是二殘，都湧過來一睹「芳容」，用現在的形容詞就是他那時全臺灣有無數粉絲。如果我們兩個碰巧都到臺北同時也都住Y，其中一個人會先在機場的免稅商店買一條 Dunhill 的香菸，另外一個買一瓶 Johnny Walker，當時臺北不禁菸，兩人邊抽菸邊喝酒，可以聊到三更半夜，眾人皆睡吾獨醒，或者說吾獨醉。後來我戒菸了，除了紅酒外也很少喝烈酒，真是往事／食只能回味！

「浩文」學文不學舌——學中文（一）

我忘了確切是什麼時候決定開始學中文的，或許一個人一生中的一些決定是在不知不覺中形成的，沒有一個特別的時間點；有時候我也希望有一個比較戲劇性的時刻，比方說，在看到黑人牙膏和蔣總統並提的廣告時，如此我就可以跟人說，因為看不懂，就在那時我下定決心學中文。或者，第一次聽到人賣「臭豆腐」時，我可以說是叫賣聲以及臭豆腐的味道激起我的興趣的。很遺憾的是，我真的沒有那麼動人的故事。我只記得，有一天在敦煌書店買了一本漢英詞典，價格低廉，看起來很有意思。詞典是當時史丹佛大學的一個教授編的，買的時候我完全不知道五、六年後我在舊金山州立大學讀碩士班時會認識他，也上了他一門課。詞典是買了，不過住劍潭那段時間也沒有拿出來翻過幾次，方塊字看起來不難看，有點藝術味，但是還沒有特別到讓我想要認識他們的程度。

後來我隨海軍的軍艦連續到了日本以及其他地方，都是以前沒有去過的，新奇好玩，我就把詞典完全忘記了。之後，有很長一段時間都在海上周遊列國，經澳大利亞等地後回到南加州的聖地牙哥。從一個港口到下一個港口要很多天，風平浪靜，在船上沒事，我除了看一疊○○七的小說外，也偶爾把詞典拿出來把玩，我的同事看了，不是搖搖頭就是公開笑我，因為他們知道我不會說中文，偏偏要拿本詞典擺樣子實在太好玩了。其實我真的想學，可惜船上沒有一個會中文的人，所以我只好「自學」了。打開詞典，專看英文的部分，看到「有用」的，我就去看附註的英文發音（大概是羅馬拼音），然後發出自己認為大概差不多的聲音，後來甚至把幾個詞串在一起，說一些洋涇濱的句子，就很得意的到處炫耀，當然不管是美國人或是中國人，都沒有人可以聽得懂我在說什麼。現在想想自己當時實在傻得可以了，可笑至極。但是船上那麼多去過臺灣的人當中，只有我一個試著學中文，可見我「與眾不同」，後來事實證明我的確有心，所以讀者可以諒解我在船上的舉止吧。

第二次再到臺灣一切就不同了。首先，我不再是通訊員，同事也不再是清一色的男軍官或士兵。現在我在美軍顧問團人事處當行政助理，上司是一個美國海軍上校，他的私人祕書是一個中國女孩，我和她共用一個辦公室，這是我平生第一次真正與中國人接觸，第一次身邊有說中文的人。後來我才知道，那個祕書，唐小姐，和她當時的軍官男朋友（之後變成她的丈夫），說的是上海話，不是國語。不過，不管是上海話或是北京話，我每天都跟中國人打交道，卻不會說他們的語言，這開始讓我覺得尷尬，好像自己差人一截。相信有些讀者聽過這樣的笑話：

會說三種語言的人是什麼人？三語人。

會說兩種語言的人是什麼人？雙語人，

會說一種語言的人是什麼人？美國人！

當時我就是那個只會一種語言的美國人。不過開始學中文以後，認為其實自己還頗有語言天分的，高中的時候我學過西班牙文，學得還不錯，是班上前幾名，大學的時候也學了點俄文，是自學的，只持續了幾個月而已，卻都是我對語言有興趣的跡象。至於母語，我並不是特別精通，可以說英文不是特別好。說來大概沒有人會相信，我是學中文以後，英文才變好的。

有一天我和唐祕書聊天，聊起我對學中文有興趣，她問我是否有意請個家教，老實說，我倒沒有想到這個方法，所以很爽快的說是，她幫我找了一個老師，然後呢，在二十七歲的「高齡」開始學中文。家教姓張，是一個個子不高的東北人（他自己說是東北來的，一般東北人好像都高頭大馬的）。上課的時間定在下班後或週末，張老師到我連雲街的住所來教我中文，一個星期來兩次，一次大概一個小時左右。我們坐在日式房子特有的坐墊，中間隔著那張廖先生的工人幫我做的桌子。張老師並沒有正式的中文教學經驗，所以有點「隨興」，不過他倒是設法遵循一個自己創造出來的方式，先從注音符號開始。我們沒有課本，所以基本上是我問他某個句子中文怎麼說，他就說給我聽，我像鸚鵡一樣學舌。他喜歡教我一些成語和幽默風趣的句子或說法。比方說，「說曹操曹操就到」，到現在我有機會還常用他教我的成語，大概是因為英文有非常恰當的對等說法——Speak of the devil。後來我中文比較好以後更能感受到這兩個成語很精確地反映中西文化的不同，美國的文化基礎在於基督教，所以用的是魔鬼；相對的，由於三國——歷史的重要，曹操就出現在常用的成語裡了。這種有歷史典故的成語，如「班門弄斧」等的成語我背了不少，有機會用上，總令我特別高興，進而培養出一個活到老，學到老（但還有三分學不到）的求學態度，直到現在看到好詞句，總是要記下然後想辦法在日常生活或寫文章時使用。

張老師上任的第一件工作就是幫我改名字。第一次到臺灣時別人根據我的姓給我取了一個中文名字，叫郭布雷（有當時刻的圖章為證據），後來我知道這個是不倫不類的名字。那時在臺的美國軍人差不多每個人都有中文名字，但一般都很古怪甚至很難聽，取的人一定沒有用心思考，或者認為老外就是老外，不需要有什麼優雅的中文名字，甚至越怪越好，越怪就越能顯示我們跟中國人不同之處。Richard 一定就是李察，William 就是威廉，Joseph 就是約瑟，有時一個辦公室有兩個李察。因此我叫郭布雷就不足為奇了。張老師覺得這個名字實在太難聽，非得改不可，他花了三個星期的時間才想出葛浩文這個名字。他跟我解釋：郭或高都可以代表我的姓，Goldblatt 的第一個聲音，但是他要找一個比較少用，比較特別的姓，要不然跟每一個姓有「Go」的人一樣姓高或郭實在太普遍也太平常了。浩文和 Howard 聲音相仿，聽起來不但順耳而且像一個中國人的名字。當時我無法判斷這個名字的好與壞、適不適合我的性格等等，不過試著說了幾次後覺得既好說又不難聽，就跟張老師說這個名字我喜歡。我非常敬佩他的敬業精神，但他絕對不可能會預料到他給我的這個名字不但意義深遠甚至有預言的效果，我後來上研究所拿碩士、博士學位，一輩子都跟文學打交道，也一直希望自己的學問越浩瀚越好。

有了姓名，就彷彿有了新的身份，我努力學習中文，希望能成為「名副其實」的浩文。後來在舊金山州立大學教了一、兩年後的一個聖誕節早晨，我到樓下去取報紙時，發現門口有一個小盒子，打開一看，裡面是一個漆金的木雕，刻的就是「葛」。

到現在我還是不知道究竟是誰送的，很可能是我的一個學生或幾個學生合起來送的，也不方便到處去問，但我一直都珍藏著，跟其他的「寶貝」一樣，每次搬家都會記得打包帶去，在新家的牆上找一個合適的地方掛起來。

除了說話、背書之外，張老師也教我寫方塊字。其實在海上飄泊，翻翻字典的時候，我曾用筆抄寫一些比較簡單、意思好懂的漢字，如人、十、刀等，但是寫得亂七八糟，根本不像中文字。跟張老師學寫字時，才知道原來筆畫是有順序的，不能這裡一撇那裡一點隨便亂寫，字才能寫得好看。當然知道原理，並不表示馬上就寫得漂亮，那要經過長時間練習的。開始學時用描紅紙天天練，然後給張老師看，他無不讚揚說字寫得不亞於臺灣十來歲的小學生，我挺高興得意。如今偶然翻起當年的筆記，看到自己幼稚可笑的字體，忍不要臉紅。為了把漢字背熟，逛街的時候一邊走一邊「讀」我認識的中文字，不管是商店招牌、電影廣告或者各種標語，只要我認得的，就念給自己聽。在船上時自學的人、十、刀等單字早已經忘得一乾二淨，得重新學起，剛開始的時候，只認得數目字一、二、三等等，如一條龍餃子館的「一」。後來會一些簡單的，如老爺大飯店的「大」和「老」，小美冰淇淋的「小」和「美」，甜心豆漿店的「心」和「豆」。慢慢地，看得懂的越來越多了，這幾個商店招牌完全沒問題。另外，我自己製作了一盒雙面的生詞卡，一邊寫中文，另一邊是英文的意思，加上ㄅ、ㄆ、ㄇ、ㄈ的念法，隨身帶著，只要有機會就拿出來看看、念念，單看中文的那一邊來考考自己。那時家裡沒有電視，也很少跟朋友出去，幾乎是所有的空閒時間都拿來學習，因此進步很快。

和張老師學了幾個月以後，他覺得我的中文相當好了（難怪我對他的印象一直都很好），剛好扶輪社舉辦了一個「全省」的外國人演講比賽，他就幫我報名參加了。我對自己的中文能力沒有那麼大的信心，但他極力鼓勵我，跟我說一定可以去參加（他倒沒說我一定會得獎！），還幫助我寫一個短短的演講稿——我跟他說我想講些什麼，他就幫我用中文寫下來，碰到還沒學過的字，他就用注音符號，幫助我背講稿。那個比賽我已經沒有什麼印象，只記得裁判都是《國語日報》的人，如齊鐵恨等。很巧的是，那時我訂了一份《國語日報》作為語言學習的輔助教材，不過，這當然跟比賽沒有關係。參賽的人差不多都是某個中文學校的學生，我大概是唯一一個不是「科班」出身，只跟家教學的人。事隔多年，現在只記得講稿最後一句是，「這不過是鬼話連篇罷了」。還有，我得了第二名，第一名被一個從南部上來的比利時神父拿走了。那天張老師出席了與否不記得，不過他當然非常高興，而我，只能說根本無法相信自己竟然會得獎。

讓我更驚喜的是，幾天後一個電臺邀請我上他們的節目。本來應該是第一名的人去的，可是他有事必須趕回南部去，不能上電臺，所以就退而求其次；這才是真正如臺灣人所說「沒魚蝦也好」。節目裡我的部分很短，最多不超過三分鐘，就是主持人，名字好像是丁炳仁什麼的，問我幾個問題，我一一回答了，問題很幽默，我的回答也有趣，讓現場的觀眾哈哈大笑。更大的「收穫」是，在等著上節目時，我剛好坐在主要來賓歌星冉肖玲旁邊。之前我沒有聽過她的名字，我們是第一次見面，可是她很隨和，我們聊了幾句，她還恭維我中文說得很好，我回答說「彼此彼此」（！）。幾分鐘後，我的部分就結束了，到後臺去聽主持人訪問冉肖玲，然後她為觀眾和聽眾獻唱她那首人人都知道的「為什麼要對你掉眼淚，難道你不明白是為了愛？」後來我也學會了，這是我的第一首中文歌，到現在差不多還可以從頭唱到尾。

本來我就對國語很感興趣，現在有了更多努力學習的驅動力。後來，我常想，要是我是中國人多好！為了當一個中國人，我在家裡開始做一些簡單的中國菜，主要是蛋炒飯配飯店買來的菜；特地去訂做了一件棉襖。棉襖穿得不過癮，幾個月以後又回去那個裁縫店訂做一件長袍在家裡穿；家裡的擺設換成臺灣／中國的東西。這些表面上的改變當然是不夠的，因此我開始努力背一些學過的詞語，像「兩隻老虎」、「大頭大頭下雨不愁」之類簡短的童謠，慢慢地背長一點的，如《三字經》，《禮記》的一些片斷，後來因為太喜歡朱自清的散文，也背了他的〈匆匆〉：

燕子去了，有再來的時候
楊柳枯了，有再青的時候
桃花謝了，有再開的時候
但是，聰明的，你告訴我，我們的日子為什麼一去不復返呢？

這些只是自己有興趣背的，實際應用的機會不多。為了豐富自己的語言，我也努力學習背成語，有機會就記得用上。甚至還學人說「心不在馬」，我喜歡這樣的俏皮話，可是，因為我是外國人，聽到我說心不在馬，幾乎每一個中國人都認為是我把焉看作馬，犯錯了，都要糾正我，他們完全無法想像或接受我這個老外也能開這樣的玩笑。有很長的一段時間，我一直認為成語會得越多就越能顯現我如何聰明，我的中文說得多好。後來我的想法改變了，甚至有了一百八十度的轉變，開始認為成語是扼殺想像力和語言創造力的罪魁禍首之一，尤其是對作家來說，更是一大禍害，常使得作品充滿「陳腔濫調」，並且看起來都差不多。舉個例子，中文小說裡的人物實在太容易驚心動魄了，看到夕陽驚心動魄，看到洪水洶湧而來，也是驚心動魄，看到天上飛來成千上萬的鳥也是驚心動魄。讓人免不了要誤以為中國式的教育成功到每一個人的反應完全一樣。有朋友說是因為成語在中文教育裡占有十分重要的地位，也有一個特別有意思的解釋：中學作文課的老師因為不見得都懂得鼓勵學生多做創作，據說評分的標準是成語用得越多，作文分數越高。這跟我當初以為背的成語越多越能表示我的中文很好差不多，不過還是有差別的，我是外國人學中文，總得入鄉隨俗吧？（哈哈！）

言歸正傳。當了一陣子「假」中國人之後，就發現要真的成為中國人，需要的時間太長，而我年紀不小了，還是乖乖的回去當高鼻子吧。海軍退役之前，一九六七年中，我換了中文老師。新老師姓崔，名少鶴，年紀比張老師大，溫文儒雅（對不起，又用成語賣弄一下），看起來很有學者之風。之前教過國語的，他的教學重點是語法和句子結構，對於成語、笑話不是特別感興趣，另外他也不願教我俚語、俗語。跟崔老師上課沒多久以後，我真真正正地下定決心要好好的學，很可能是他的教學內容讓我深刻地體會到：學一個語言僅僅像鸚鵡學舌那樣是不夠的。那時我已經會說街上用的或比賽用的國語了，但是要真的學到一個語言的精華是要下很大的功夫的，對學中文的人來說，不會讀或寫，學了等於是白學，因為有太多東西是要從文字上去理解。因此，我轉而把課程重心放在讀寫這兩方面，同時也因為接觸書法，對自己有了一個新發現——我非常喜歡視覺藝術，此後的數十年一直到現在，我總是喜歡看畫，買畫，家裡的牆要是空白就讓我不舒服，非得去找一幅畫來掛上不可，當然都不是什麼名貴的作品，只是自己喜歡而已。對一些在書香世家出生的人來說，這是稀鬆平常的事，不值得大書特書。但從小父母家裡的牆上什麼也沒有，自己也從來沒有想過去畫廊、美術館等地參觀，是一個不知藝術為何物的「無知」小子，卻因為機緣湊巧到了臺灣學中文而成為一個藝術鑑賞家。

書法讓我著迷的原因很多，比如，黑白對比產生的簡潔效果，創造出一種其他藝術形式無法達到的美感；在紙上顯現出的線條，因各種書法體而各有其特色。一個字竟然可以有那麼多種寫法，也讓我這個從小寫蝌蚪文的人佩服讚嘆。另外，寫書法的人總顯得特別飄逸瀟灑，不管毛筆大或小，手一提筆人就彷彿成了古人。而且，得先做好準備，研墨是一大學問，過稠過稀都不行，然後提筆蘸墨，把紙拉開，集中多年

一直珍藏的「葛」漆金木雕。

崔老師寫的書法對聯，也是我平生擁有的第一幅對聯。

的經驗和練習後兩下子創造出一幅傑作，真了不起。第一次看崔老師拿著一管毛筆一揮而就，似乎很輕鬆毫不費力的風采，就迷上了。當然崔老師也告訴我那是寫了幾十年的毛筆字才能有的。我決心要學書法，同時學各種不同的書法體，用鋼筆模仿名人的書法，特別是董其昌體，是我最喜歡的，有一陣子模仿得還可以，常得到讚美，可惜現在電腦通行，加上電郵的時間效率高，讓我捨棄紙筆，所以現在的字越寫越難看。真的用毛筆寫字倒是少之又少。當年，崔老師只教我如何拿筆，並沒有繼續教我寫毛筆字，他說他是國語老師不是書法老師。因此我從不用毛筆，唯一一次就真的是獻醜，那是在蕭紅故鄉的呼蘭，中午和東北作家們吃午飯喝酒，他們一群人一一向我敬酒，敬得我大醉，然後有人提議讓我寫幾句有關蕭紅的話，用毛筆寫。推辭不掉，人醉了「反抗力」薄弱，就不自量力地拿起筆寫了「懷念蕭紅」四個字，既不優雅美觀甚至還大小不一，後來呼蘭鎮建了蕭紅紀念館也掛了起來，真是貽笑大方。

雖然崔老師不願意教我書法，但後來他送我兩幅他親筆寫的字畫：

書到用時方恨少
事非經過不知難

真是出乎我的意料。之前我曾跟他提起到故宮去時看到董其昌的字畫，非常喜歡，沒想到他就寫了一幅送我，這是我平生擁有的第一幅對聯。他還仔細地給我解釋這兩句的意思，除了感謝他之外，我也很高興又學了新東西——對仗在中國詩歌的重要性。回家以後我立刻掛起來，但是日式房子一般天花板都較低，所以字畫下端就垂在榻榻米上，不太好看，但我不在乎。往後的數十年內，我收到不少字畫，大多是出自名書法家或名作家，如于右任、沈從文、臺靜農，孫陵，大陸名書法家謝稚柳，作家蕭軍、端木蕻良等，以及許芥昱教授，都掛在最顯眼的地方，但是牆壁實在不夠，其他的只能偶爾拿出來欣賞一下。至於崔老師送的那副對聯，當然是要掛出來的。

重要的里程碑——學中文（二）

退役不久，父母到臺灣來看我，我帶他們四處去觀光，那時我對臺灣已經非常熟悉，給他們當導遊絕對可以勝任。我父親在家真是一家之主，什麼都一手包辦，由他來做決定，現在到了異國，好像跟兒子位置對換，不管是買車票或翻譯攤販說的話，他什麼都要依賴我，剛開始我們都有點不習慣。後來，我透過我的前任老闆，美軍顧問團海軍組的組長，安排讓父親和中華民國的海軍總司令馮啟聰上將見面。前面提過父親和海軍淵源深遠，所以他們交談甚歡。母親後來跟我說，雖然只是短短十五分鐘的會面，回美國後父親常常要提起他如何珍惜那次的經驗。我退役，沒有當上海軍將軍，但我想我沒有讓父親失望。

退役後，我換了學中文的方式。這次是因為退役後就沒有工作也沒有收入，想留在臺北繼續學中文唯一的辦法，就是申請美國政府鼓勵退役軍人上學用的獎助金，既然是上學，就不能再請家教，必須是一個正規的、政府認可的學校，因此就去師大的國語教學中心註冊上課。離開始上課之前還有一段時間，我知道不能荒廢，就去買了幾本兒童書籍，如《淘氣的阿丹》、《三百字故事》等等，外加一本梁實秋編的漢英辭典，以及一本盜版的麥氏漢英字典。

當時的師大國語教學中心規模很小，在麗水街師大圖書館後面，很不起眼的；只有二、三十個學生，大都是日本來的，我如果不是唯一的，也是少數幾個美國學生之一。不像現在，師大國語中心名聲響亮，有自己的大樓還有一、兩千個學生，但小也有小的好處，學生休息室裡，我們每個學生都有自己的茶杯，上面還寫了名字，熱水無限供應（當然現在有冷熱水飲水機，熱水供應就不那麼稀奇了）。當時的主任姓吳，副主任是女的，姓葉，後來升為主任，有意思的是，吳主任跟我說英文，而葉副主任只跟我說中文。

我一個星期上五天的課，一天四個小時，學費似乎是一小時四十塊臺幣。有兩個老師，每天和每一個老師各上兩個小時。一個是女老師，姓郝，另外一個是男老師，姓劉，兩個人不但個性不同，教學方式也完全不一樣。和郝老師上課，我從臺灣小學的國語課本一年級下學期開始學起，然後二上、二下、三上、三下，因為我已經會說，也可以讀不少字了，所以速度很快。不過由於我是成人，「我家裡有兩隻狗，一隻是白的，一隻是黑的」之類的課文實在沒有什麼意思，上課的重點在於比較有系統的把臺灣小學生學的很快地過一遍，如果前兩位家教有遺漏的也可以順便補學。上完小學的國語課本，我們開始上初中的國文課本，我忘了回美國之前是否把初中三年的課本全部上完，但是回想起來我學了很多，因為後來還讀國語日報社出版的《古今文選》正續一共六、七冊，都帶回美國，偶爾拿出來看。

郝老師很親切但是要求很嚴，每天都有功課，當然我每次都把功課做好，從來沒有讓她不高興。不是愛吹噓，我那時真是一個好學生，每天準時上學，中午下課在外邊吃個簡單的午飯，通常是一碗麵，或一盤餃子，或是兩個蔥油餅，回家以後一整個下午一定是用來溫習功課，偶爾晚上出門去「現買現賣」把白天學的實地應用一下。除了上課學習以外，我唯一的「娛樂」就是閱讀一些有關臺灣、中國和中國文化歷史的書籍，要不就看英文的小說，把亞瑟・柯南・道爾的福爾摩斯探案全部都看過。那時我開始對中國古今文化感興趣，無論是哲學、文學、音樂、藝術，甚至於歷史、地理或科學都有所涉及。

與郝老師的課相比，劉老師的課就比較沒有那麼「嚴肅」，比較隨興，也可以說沒有那麼系統化。劉老師本人也是比較隨性的，但這並不是說劉老師不是個好老師。

首先，他建議我們讀報，從何凡的專欄〈玻璃墊上〉開始讀，是我終身難忘的閱讀經驗。何凡文章寫得十分典雅有趣，有點舊派文人的寫作風格。八百到一千字左右的方塊文章分幾天讀完，因為沒有注音符號讀起來比較吃力，不會的字老師會用中文跟我說怎麼念，也會解釋意思。對我來說是非常好的訓練，漸漸地，就不那麼需要輔助的注音符號，而閱讀這些寫給「受過教育」的中國人看的文章，即，不是專門編給學中文的學生用的課本，讓我儘快的提高我的中文程度。有一天突然發現自己腦子裡想事情時用的是中文，不再是英文了；這是每個人學外語的過程中一個很重要的里程碑，說外語時不需要透過母語翻譯而直接以外語思考表達。當然，在夢裡也能用外語與人交談或吵架就更好了！

好多年以後，有一天晚上在名作家林海音女兒夏祖美的家吃飯，碰到她母親，就跟她說我讀中文的時候把她先生夏承楹（即何凡），在《聯合報》發表的專欄當作教科書，她便笑著說，「真巧！吃飯時這個老外就坐我旁邊，我們好好聊聊吧。」

在國語教學中心上學的那七、八個月，雖然經濟比較拮据，一些有用的書籍還是不能少的，尤其是字典。漢英詞典已經有了幾本，想買中文詞典，就到重慶南路逛書店，結果買了一套四冊的《國語辭典》，之後還買了一套十冊的《中文大辭典》，到底是什麼時候買的已經記不清了，只記得是特價，新臺幣兩千塊。買辭典竟然會上癮，後來家裡積累了大大小小、普通與專用，包含英中日法德藏各種語言的精裝與平裝字典和辭典，差不多有一百多本。

一直到今天，我還是認為在國語教學中心半年多的訓練，是我人生的一個重要的階段，也是人生中特別愉快的一段日子。如果父親的病情沒有突然轉劇，我沒有打道回府，一定會繼續在那裡學下去。但當時，我只是對中文有興趣，至於學了以後能做什麼，該做什麼，則完全沒有概念，因此回美國也算是因禍得福，聽了一位大學老師的建議去上碩士班，從此走入學術界。之後我曾回去過國語中心好幾次，都是在他們搬到八層高的新大樓以後，很高興看到他們教學如此成功，吸引那麼多學生。我卻還是比較喜歡也懷念當年在師大圖書館後面那個平房上課的經驗，小班制，跟老師的接觸密切，更懷念那些寫了名字的茶杯。

每次有學生或是其他人問我如何把中文學得那麼好，甚至比中國人還好（這當然是胡說八道，我再怎麼學也不可能比中國人好，最多就是我的口音比某些地方來的中國人標準罷了），我總是會跟他們說無論如何一定要到說中文的環境去學，在美國的

三十歲的老嬉皮。

（左起）莊因、夏祖美、林海音、我。

學校打基礎很有用，專業訓練的老師可以教標準的用法，但是真的要學好還是得到臺灣或中國去實地生活。當然不是每個人都能做得到，甚至即使有錢或有機會到臺灣或中國的人也不一定可以學得好，因為他們可能成天跟說英文的人混，或者不認真，光學一些俏皮話「騙騙」中國人，讓人以為他們的中文好到可以開玩笑。跟許多人相比，我真的幸運多了，有機會到臺灣在生活中學習，但是我的確是下了很大的功夫，從一開始就培養良好的學習習慣，而且「無處不學」。

回美的學術之路——學中文（三）

一九六八年夏，我飛回美國與病重的父親相聚，陪他度過人生最後幾個星期。後來除了辦喪事，為新寡的母親解憂之外，還是跟幾年前大學剛畢業時一樣，完全不知道未來的路怎麼走。唯一不同的是，我已經去過世界不少地方，算是頗有閱歷，年紀長了幾歲，也學會說中文了。這樣的人，可以做什麼工作？想來想去，得到一個結論，心中有一個微小的希望——到高中或社區大學去教初級班的中文。大學畢業時拿的是教育學位，當中文老師可真是名正言順。想好以後，我非常天真的坐下來給十幾個社區大學，甚至遠至阿拉斯加的學校，寫信毛遂自薦，結果可想而知，沒有收到任何一個學校的回音！然後碰巧去看大學時的一個老師，他建議我試試申請中文碩士班，如果成功，可以繼續上博士班，跟他一樣到大學教書，是一個很好的出路。那時我真的沒有想得那麼遠，只是走一步算一步，先上碩士班再說，幸好我有政府補助，至少有兩、三年的時間不需要去想工作的事。

當時只要是有中文或亞洲研究碩士班的大學，我幾乎都申請了，花了許多時間，只有一個學校願意收我，那就是舊金山州立大學（那時還沒有升大學，只是一個學院）。之前，一位師大國語教學中心的同學曾建議我提早到學校去，找一位老師：許芥昱教授，把我的碩士研究計畫先跟他談一下。我問他這位學者是怎麼樣的人，他說此人個子不高但精力充沛，留個小鬍子，才五十多歲鬍子都白了，看起來有點像胡志明。因為越戰，而我也去過越南，這個形容讓我很好奇。

我就這樣去了，我們第一次見面是在他的辦公室，兩人先聊了一些有關中國文學的話題，學校的情況，以及我尚未成形的研究計畫等等。老實說，去之前我心裡非常不安，因為自己對中國文學的了解實在太少了，不像一些大學主修中文的人，多多少少打下基礎，而我算是半路出家，總有點自卑。許教授不但誇我中文說得很好，也很鼓勵我，知道我看過一些古文，就說很好、很好。又跟我說不要擔心自己跟不上，只要努力絕對不會學不好。從他辦公室出來，心裡覺得比較踏實，看來碩士班沒有我想像的那麼難。後來的幾年內，直到不幸於大風暴雨中殞逝，他一直對我照顧有加，真是難得的良師益友。第一次見面，我也跟他說我喜歡背文章和唐詩，他倒沒有當場考我，只說很好，這是非常中國式的學習方式，他似乎很讚賞我在臺灣學中文的經驗。

後來上他的唐詩課，每個人都要背一首詩，我就選李白的「送友人」（青山橫北郭／白水繞東城……）。幾年後念完了博士學位回到舊金山州立大學工作，第一天碰見許老師，他二話不說，立刻就問我，那首詩還能背嗎？我說能，當場背了給他聽，他非常高興。第二天到辦公室時發現我的書桌上有一張摺好的宣紙，打開一看，就是許老師親筆寫的五個字：青山橫北郭，真讓我意外。之後我搬過幾次家，一定都會掛起崔老師的對聯和許老師的墨寶。

在舊金山州大讀了兩年書，我拿到碩士學位，但我的收穫絕不僅僅是一個學位以及兩年的中文教學（當助教）經驗而已，更重要的是我終於知道自己以後要做什麼了——我想當大學教授！那時我都三十了，在而立的年紀才對未來有確切的想法，有點晚，但為時未晚矣。之後，我到印第安納大學去攻讀博士，柳無忌老師（柳老師的父親為名詩人，柳亞子，也是毛澤東的同志）為論文指導教授。

到了印大以後，除了上博士班的課程，繼續學在舊金山州立大學時開始念的日文，也要選論文題目。與柳先生商量後便決定研究一位幾乎沒人注意的民國時期的女作家：蕭紅。由於種種因素，我在印大只待了兩年；那是一生中最忙碌也算最有收獲的兩年。除了兼任初級華語的助教，得把必修的課上完準備考博士資格考試，同時念兩年的日文，做蕭紅研究的初步工作，系裡還要求我們學會讀法文，另外還副修比較文學。現在想起來，真不知道自己那兩年是怎麼過來的。

最後還有一關就是寫論文，一般人花個兩、三年寫論文是很正常的，有人甚至花上四、五年，我想專心寫，趕快寫完然後找一個正規的工作，但是如果不兼任助教，收入要少很多，雖然 G.I. Bill 還可以繼續領，但也不過一個月三百多塊，不夠生活。兩面為難，就去跟柳老師談，他當然贊成我全心投入論文寫作，建議我申請獎學金。另外，我認為最好能到亞洲做研究寫論文，然而蕭紅作品算是中國大陸的題材，在我最想去的臺灣是完全不受歡迎的，而香港的資料我則以為一定是少之又少，當時中國正當文化大革命，更去不得。柳老師建議我申請傅布萊爾研究金（Fulbright Dissertation Fellowship），到日本去。好在我的日本話還算不錯，日本京都大學也有一位中國現代文學的專家，即竹內實教授，我可以跟他做研究。很幸運的，我獲得了那個獎學金，得以到日本一年去找資料，寫論文。

在京大那一年，收集了許多寶貴的資料，跟竹內先生學了不少，也喝了不少日本清酒與啤酒，認識了一些名學者，如唐宋詩專家吉川幸次郎（也就是美國大翻譯家 Burton Watson 早年的老師）。同時在日本期間參加一個會議，發表了我有生以來的第

（左起）沈從文、許芥昱。

許芥昱老師是我的碩士班老師，後來我念完博士回舊金山州立大學工作，老師問我是否還能背李白〈送友人〉，我當場背了，隔天在辦公桌上就出現這幅許老師親寫的字。崔老師與許老師的字，不論搬幾次家，我都會將它們掛起來。

一個學術論文——題目不外乎蕭紅小說的一些特點——吉川先生做講評，讓我緊張得幾乎停止呼吸。特別有意思的是，有機會到東京採訪三十年代反日本軍國主義的記者鹿地恆先生。鹿地與他妻子當年在日本因反帝國主義而遭到迫害，自我放逐到中國上海，因此與魯迅、郭沫若等人相識，也跟著反國民黨人士到內地去，認識了一些共產黨的高級幹部及美國來的 Edgar Snow。鹿地的妻子，池田幸子，本來是相當出名的舞蹈家，和丈夫到中國後當然就放棄了那個職業。她跟世界語專家祿川英子，即最早參加中國抗日隊伍而在戰中犧牲的日本人，到重慶的時候認識了蕭紅和她丈夫端木蕻良，後來跟蕭紅成為很要好的朋友。很可惜我到日本時池田女士已經過世，鹿地先生的記憶力不太好，中文也不怎麼靈通，加上我的日文能力有限，實際的收穫不大。但能認識他，之後他也給我寫過一封信，讓我感到相當幸運。

在京都住的是京都大學招待所，一棟大樓共有七、八個公寓，那年住的有美國、加拿大、以色列、墨西哥來的人，其中一、兩位是諾貝爾獎得主，他們都是理工方面的專家，我是唯一一個研究文學，寫博士論文的研究生。頭半年，生活簡單規律，每天早上看書做筆記，下午翻閱筆記，思考論文方向議題等等，然後到書店找資料，我去的書店基本上有三家，都是能從我住的京大招待所走路到的。書店銷售的書各有其專業範圍，對我作研究寫論文幫助最大的，是一個小巷子裡的朋友書店，小小的一家只賣中文書，包括當代文學與文學評論。老闆會說一些中文，所以我至少每週都會去一趟，買幾本書，跟老闆閒聊。另一家我經常去的是紀伊國屋書店，在那裡買的最多的是日本文學英譯，帶回去一本一本地欣賞。川端康成、三島由紀夫、谷崎潤一郎、安部公房等作家的小說，凡是有譯本的我都看了。第三家很有意思，好像名為臺灣書店，位於京大門口對面，老闆是臺灣來的（不是本省人），賣的大部分是中國古典書籍。我在他那裡買過一套《佩文韻府》和其他一些古典文學的參考書，請老闆幫我運回美國。這個人的身分我始終搞不清楚，不知是純粹的書商，還是國民政府派去注意臺灣留學生的活動，或其他，很難說。可是因為他是我唯一能用中文交談的人，所以我還是常去。二〇一〇年左右，有一天在丹佛大學工學院院長家裡吃飯，在座有一位年紀很大的女士，是院長夫人的母親，我們聊了起來，我發現她竟然就是那個書店老闆的太太，不但如此，她說還記得四十多年前的我，說她跟丈夫常常談起我這個很用功的美國研究生。我很驚訝，真是無巧不成書；他們那麼誇獎我，真讓我汗顏，有點不好意思當年如此懷疑她的丈夫。

當時我知道日本有不少臺灣人，有移民去的、有去讀書求學的、有做生意的。但另有一群人數不多但是很特別、很有志氣的臺灣人，是我去之前不知道的。這些人自稱臺獨分子，以國民黨黑名單上的廖大夫為代表，都自我放逐於日本，放棄了中華民國的護照，變成無國籍的人，以至於日子過得非常艱苦。在一個如今記不起來的偶然的情況下，就認識了這群人中的幾個。印象最深刻有位叫連根藤的人，因為連不會英語，我不會臺語，我的日語不夠好，我們因此只好用他不喜歡使用的國語交談；連與他的朋友日語都說得很流利，可是他們常故意說錯，讓對方知道他們不是日本人。可見他們也不那麼喜歡日本人，但不見容於當權的國民黨，更無法苟同政府的政策，因此別無選擇流亡到日本，這是那一代臺灣人的悲哀。這些人的生活極端困苦，沒有固定的工作，自然沒有什麼收入，吃飯常常就是一碗白米飯配一條醃蘿蔔諸如此類最便宜的東西。我和連根藤見面次數不多，至多兩、三次而已，但是很明顯的可以看出來他是個很有理想的人，吃苦吃慣了，我很佩服他。有一天請了他們幾個人到我小公寓吃頓飯，我不會做飯，有人提議包餃子，簡單方便，而且大家一起來動手，邊包邊聊，不像一般中國人請吃飯，主人的老婆在廚房忙得滿頭大汗，一盤接著一盤地端出來，自己卻完全沒有機會坐下來吃，更不用說跟客人聊天了。這頓飯我們吃得開心極了，談得也很過癮。可惜，不久論文寫完，一年獎學金的期限也到了，必須回美國，就沒有機會再見到連和他的「革命伙伴」。最近得知解嚴後連根藤回到他的臺灣故里，希望他後半生的日子過得很美好。

在京都住了幾個月後，就體會到研究中國作家不能全靠日本的資料。雖然我附屬的京大人文研究所的圖書館藏書很多，包括二、三十年代的原始資料，我自己也在朋友書店買了不少，但一定得到中文圖書館及書店找更實用的研究資料，比方說討論蕭紅作品或是探討三、四十年代東北文學的文章或書籍。中國大陸當然無法去，即使能去，正在搞文化大革命，對我也毫無幫助，因此就決定到香港。去之前經過臺北，打算停留一週找資料；我知道臺灣的圖書館若有收藏，一定會有濃厚的反共色彩，不過很可能不無小補。還有一個去臺北的原因，體驗一下「回家」的感覺；離開臺灣回美國已經三年了，這次回去有點像作客。很意外的是，我真的找到了一些對我研究有幫助的書籍及刊物，但收獲最豐富卻是在人際關係方面——認識了三位對我之後的工作和生活都有極大影響的新朋友：孫陵，周錦和殷張蘭熙，下面一章細說這三位在我人生裡扮演的重要角色。

臺灣之行後，到了我當海軍時去過幾次的香港。收集資料方面算是豐收。新書店，舊書店，似乎一個也沒漏過，買了很多很多的寶貴書籍，也認識了《明報月刊》

副主編黃俊東，一個典型的滿腹經綸的讀書人，人很好，知道的相當多，幫了我很大的忙。之後我們經常通信，我在他的雜誌發表過文章，也因此認識主編胡菊人（好多年後，我在香港有一次演講，很榮幸由胡主編做介紹）。一個禮拜過得特快，原來帶了一個大袋子去，還是不夠用，又買了一個，都用來裝書，然後就上飛機到臺北轉機回日本去。

言歸正傳：住京大專家樓的後半年，每天上午就在公寓裡寫論文，先用手寫，寫好，修改後，覺得滿意了再用打字機打出來。如此辛苦的把論文一章一章地寫出來，每寫完一章就郵寄到美國，請柳無忌先生過目。下午平常在外頭走路看看京都的風景，晚上吃飯喝酒（一個人在小屋裡打發時間最好的方式莫過於喝酒吸菸）。樓下電視每隔幾個月就播放相撲比賽，每次我都會下去看，這算我所有的娛樂活動。

一九七四年夏季回美國先到印大去，通過博士論文答辯，拿到博士學位，然後終於開始找工作。當時美國教中文和現當代中國文學的大學沒幾家，更別說有空缺需要找人了。我運氣特別好，發現其中一家就是我讀碩士學位時的舊金山州立大學。馬上給許芥昱老師寫信問情況，他就鼓勵我申請。結果被聘用了，很高興地回老地方開始教書，一做就做了差不多三十年。先在該校教了十三年，然後轉到科羅拉多大學，又教了十三年。期間我和一個日裔美籍編輯山本小姐（Sharon Yamamoto）合作，給夏威夷大學出版社編一套中文英譯小說系列，總共出了十二本，包括臺灣著名小說家王文興的《家變》。之後，接受印第安納州北邊的聖母大學聘請，離開科大。這是我一生唯一任教過的私立大學（而且是天主教教會大學！），剛開始教一門課，後來接下該校亞洲研究中心主任的職位。二〇一二年退休回科州的石頭鎮（Boulder），專心從事翻譯工作。

我的中國話確實說得不錯，這句話聽起來，有點老王賣瓜自賣自誇，其實也不太準確，因為所謂的中國話種類繁多，即使是中國大陸的普通話，也不是那麼「普通」的。比方說，在北京坐出租車時，司機說的中國話也許只能聽懂一半；有的司機是北京本地人，說一口北京土話，有的則是內地來的，家鄉口音濃。在香港坐的是，我說的中國話，司機往往聽不懂。有一年張隆熙教授請我在香港城市大學做一個月的客座教授，主要帶幾個學生作現當代文學研究，外加一場演講。有一天我們在外邊要回住處時，跟司機說城市大學，他搖頭，聽不懂。試著模仿廣東話他還是聽不懂，因此只好找一張紙寫給他看，他就點頭，說了一番我們聽不懂的話，不過最後準確無誤地把我們送回城市大學，沒有走錯地方。那次以後出門，總帶著寫著「城市大學」的名片，覺得踏實一點，不過都沒有派上用場。

上面說過，我的中國話從臺灣國語學起，說了好幾年，一直到讀碩士學位時，老師們要我「改善」口音，說比較標準的北方話，就是現在所說的普通話，但我特別鍾愛在臺灣學的國語，一直到一九八六到八七年間在哈爾濱待了一年後，才完全放棄，說起一口北方腔的中國話。「哪裡哪裡」變成「哪兒的話」，「一定」變成「肯定」，「很好」變成「挺好」，動不動許多字的尾巴就要加一個「兒」聲。那麼問題就來了：不管到啥地方（你看！）我不但是外國人，也是「外地」人。在哈爾濱時，當地人老說，葛先生漢語說得賊好，只是有點廣東腔；到了南方，則有人說葛先生的中國話說得不錯，有點北方腔。所以說我的中國話說得確實不錯，只不過是南腔北調。

因為長期住在美國，能說中國話的機會有限，離開華語的環境越久，越覺得自己說得有點硬邦邦，或者說生鏽了，詞彙一天比一天少。所以每次回臺灣，一下飛機（若是華航或長榮的班機，就不用等到下飛機）就興高采烈地說起來，碰到誰就跟誰談天。七〇年代末，八〇年代初能說一口不錯的國語的外國人不太多，有兩、三回過海關，就被自己的嘴巴害了。那時候，海關管得很嚴，差不多每個入境的旅客都得檢查，不像現在鬆得很。為了複習中文，就用中文跟海關的人打招呼，他們很好奇，這個小夥子中文怎麼說得那麼流利，就想跟我多談幾分鐘。但是不能只說話不辦事，結果就得多翻翻行李，假裝找違法的東西。當然沒有一次查出任何走私物品，可是耽誤了我不少時間，而且到了下榻的地方打開行李，發現東西都被翻得亂七八糟，衣服翻完後隨便塞，皺得一塌糊塗（用以前流行的說法，就是皺得跟鹹菜一樣），都是因為我愛說中國話惹來的麻煩。

臺灣文學因緣

我一直覺得自己非常幸運，有機會結交不少臺灣朋友，其中許多都是著名作家或是與文學出版有關的。除了最近十幾年內新出的年輕一代，可以說幾乎臺灣每一個稍有名氣的作家我都見過，有的甚至成為終身好友。不管是深交或是淺交，對我的工作和個人生活都有很大的影響。就工作方面而言，我研究現當代文學，認識這些作家，不但豐富了個人對文學創作的了解與欣賞，更因為翻譯其中一些人的作品而擴展我的翻譯生涯。從個人方面來看，這些有骨氣、有理想的人非常讓我敬佩，也因此覺得能認識他們是一大榮幸。

跟其他同時期開始研究中國現當代文學的人比起來，我認識的臺灣作家比較多（事隔多年，有些只見過一、兩次的當然就不記得了，不是故意忘記），是因為我很早就對臺灣文學有興趣，也常接觸，大概也因為我的中文還不錯，當然也是機緣湊巧。其實，我最早和臺灣作家接觸，過程有點曲折輾轉，而且應該說是在臺灣的中國作家，或是說在臺灣的老派文人。

結識蕭紅好友——孫陵

其中，我特別喜歡、特別敬佩在中國大陸三十年代的文壇相當有聲望的孫陵。他在大陸時曾追隨巴金，也是郭沫若的崇拜者之一，因此可以想像在當時戒嚴下的臺灣，他的情況是如何艱難。但是國民黨政府不敢或不願意對他動手，只能想辦法控制他，知道孫喜歡喝酒，就常常送來便宜的劣酒，我還記得一般都是六瓶，用粗麻繩綁起來的半打，放在門外頭。他酒量大，喝得多，我在海軍時也練出酒量，就陪他喝，常常兩個高談闊論，談得高興喝得也高興。

我永遠都記得是在什麼樣的情況下認識孫陵的。前面說過，寫博士論文的第一年，我拿到美國政府的傅布萊爾研究金到日本去找有關東北作家蕭紅的資料，有一天無意中看到蕭紅在書信或者一篇短文（記不清），提起孫陵，說兩個人是朋友，後來我得知孫在臺灣，就冒昧的給他寫了一封信，要求到臺訪問他。很快就收到回信，但不是孫本人寫的，而是後來也成為好友的周錦寫的。周錦扮演中間人的角色，老實說，剛開始的時候我懷疑周錦可能是國民黨政府派去監視孫陵的，但我無法求證。其實，國民黨會派人去監視一個上了年紀的「酒鬼」嗎？不可能吧。由此可見我對臺灣整個政治情況了解不夠。後來想想，他對孫那麼好，或許是大陸的舊識或是來臺灣後結交的新知，不管怎樣，他對孫照顧有加，尤其在日常生活上。

孫／周的來信讓我大喜，就買了機票飛到臺北去，也是周錦去接我的，並安排我到一家旅館下榻，（名字已忘了，似乎在民權西路），然後陪我去一個記不清的場所與孫陵見面。到那裡時，孫已經在那裡喝著酒等我。我稍作了自我介紹，告訴他我多麼榮幸有機會認識他。孫先誇獎了我寫的中文信，然後說，「要記住，避免的免沒有一點。」我真不好意思，可能臉都紅了，但突然靈機一動，回答說，「對不起，孫先生，那是我們外國人往往免不了的事。」大家都哈哈大笑，算是一個好的開始，從此以後一直到他過世，我們每次見面總是相聚甚歡，談的大都是他在大陸時認識的人，也多少說了一些他來臺灣後認識的一些人和他們受到的待遇。差不多每次到臺北，我都會去拜訪他，每次周錦都在場。

有一次，我去他的公寓房子看他。他的房子沒什麼家具，陳設十分簡單。我看到三幅沒有裱過的書法，紙都發黃了，看來年代已久。每一幅都差不多，以各種不同的書法字體寫的「火炬」，看起來好像是寫字的人下筆之前作的練習。然後我注意到每一幅都簽有「右任」。是于右任嗎？我實在太好奇了，非得問個清楚不可。孫說，沒錯，是于右任的書法；他們不但認識，也算是老朋友。大概是在大陸就已經認識的。孫陵告訴我，他當年決定辦一個叫「火炬」的雜誌（一九五〇至一九五二年間發行），就去找于右任請他為雜誌封面題字；于找來幾張紙，用各種不同的書法字體寫了許多個「火炬」。我不是書法行家，但還知道于右任的書法是多麼難得，也知道外頭有很多人仿于的筆跡，以假亂真。我要回美國時，周錦送我到中正機場，即目前的桃園機場，在上飛機以前，他遞給我兩個圓筒紙盒，跟我說回家以後才打開。我回到家，打開一看，真讓我感動；孫陵把他手中的三幅于右任的書法稿子送了一幅給我，還附加了他的解說。

這是我在一九五三年創辦雜誌，于右任先生為我所題的原跡，試寫三張共二十餘個，現在以其中一幅送給為我的小友蕭紅女士寫傳的美麗堅合眾國研究現代中國文學的葛浩文先生，內心感激與感慨，豈文字可以傳述，即請浩文先生雅正。

看完後，我馬上坐下來寫了一封信給他向他道謝。還不只這個呢，另外那一個圓筒盒子裡裝的是一幅很長，很大的字畫，是孫陵自己寫的一首長詩，敘述他的舊識，蕭紅，以及他新認識的朋友，我。後來我不管住哪裡，只有牆面夠大，一定要掛起來，有什麼照相的機會，我都會站到字畫前（見照片）。

孫陵（生於一九一四年）在哈爾濱法政大學讀過書，到臺灣後也在一些小、中、大學教過書。一九八三年在臺北去世，當時我寫了一篇文章悼念他並紀念我們的忘年之交（見附錄二）。四年後，即一九八七年，我受邀參加在韓國首都舉行的七七事變五十週年大會，特地以孫在一九三〇年代發表的作品為主題寫了一篇文章，後來和其他在大會發表的文章收成集子出版。孫也寫小說，其中一本《覺醒的人》，由周錦後來成立的智燕出版社出版，是自傳性的小說，背景是一九三〇年代大上海的文藝界，人物幾乎都有其真實的原型，而且都是作者於當時相識的人（名字都換了，不過夏鐵肩先生在他寫的序文裡一一指出小說人物是真實生活裡的哪些人）；其中有巴金、茅盾、郭沫若、王統照、沈起予、胡風、洪深、蕭軍、蕭紅、江青、郁達夫、王映霞等人。

孫陵除了長篇《覺醒的人》外，留下了不少寶貴作品：長篇小說《大風雪》、《莽原》，短篇集《孫陵自選集》、《女詩人》，以及《孫陵詩集》、《浮世小品》和《杜甫思想研究》等。

孫在〈灰燼之歌——讀「懷念蕭珊」致巴金〉一文中，有如下的幾句話：「我生性桀驁，不懂生活，所以家無餘貲；我不會做人，得罪朋友也不少。」聽說他得罪的人實在不少，可是很難說其中有真正的「朋友」。孫陵這種任性，率直，求是求真的

周錦、謝霜天夫婦及兩個兒子。

孫陵贈予我留念的照片。

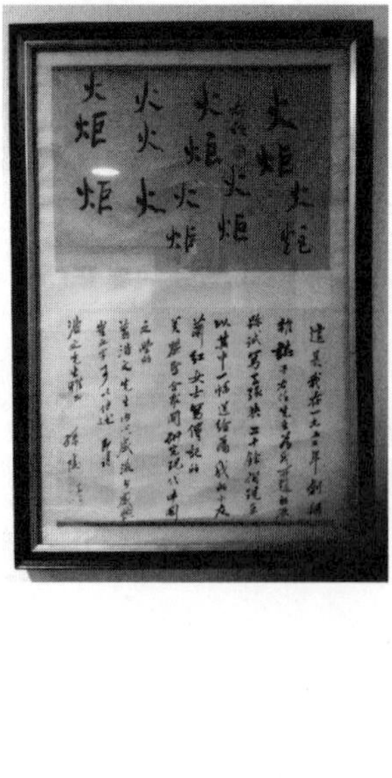

我回美國時，孫陵贈我兩個圓筒紙盒，一為于右任「火炬」書法，二為他所寫的長詩書法。只要牆面夠大，我一定會掛起，若有拍照的機會，都會站到長詩書法前。

人，往往不得一些人之心。一九四九年以前他在中國大陸的成就是無可否認的，但可能因為他幾十年前結識的知己好友都留在大陸，如巴金、郭沫若等，因此他到臺灣後很多方面都不太順利。不過，真誠相待的朋友還是有的，而那時我算是其中之一，讓我感到榮幸。

與孫陵相識相交，老實說跟臺灣沒有什麼關係，純粹是因為我研究蕭紅作品，而當時孫老碰巧住在臺灣。如果那時他人住香港，我自然就會到香港去見他。這個背景故事，反映了幾個時代現象：

之一，七〇年代美國的中國文學博士班裡幾乎沒有人研究臺灣文學，其實連現代文學都不怎麼被接受的，現今知名的中國現代文學專家如李歐梵、金介甫，拿的都是哈佛大學的中國歷史博士，而不是文學博士；中國文學博士都是研究古典作品。我自己也是一個好例子，選的是蕭紅，所謂的中國或大陸作家。如果我跟論文指導教授，柳無忌老師，說我要研究臺灣作家，他絕對不會同意。除了沒有人知道臺灣有文學外，他大概也會替我擔心以後找不到工作。

之二，當時一般學者要到中國去作研究不容易，而蕭紅在臺灣算是無名之人，又是三〇年代的作家，臺灣的出版社不是聽都沒聽過，就是不敢出她的作品，更遑論資料了；大概是因為滿洲國的關係，日本是唯一有所收藏的地方，因此我的論文所需要的資料大部分都是在日本找到的。後來即使中國開放了，一九八六年我到哈爾濱時還是不准外國人進圖書館，我說好說歹，他們才勉強讓我進去，有一臺影印機，只給我一個下午使用。現在，中國的幾個圖書館基本上都會讓外國學者去查資料。

之三，與我個人經驗有關，即，我對臺灣文學的認識是從中國文學輾轉而來的。那時所謂的臺灣文學其實主要是大陸來臺的作家的作品，而且他們，一如孫陵，可能不認為自己是臺灣文人。要到後來才認識臺灣本土作家如黃春明、王禎和、李昂、楊青矗、向陽和他弟弟林彧等人。其背後的原因，有一部分是大陸來臺的作家逐漸衰老，不免被後來新起之秀所代替，有部分原因是臺灣本土作家的成熟和本土意識抬頭。

理想誠懇的好友——周錦

我第一次見到周錦是一九七三年十二月二十日，就是從日本到臺北採訪孫陵那一天。後來每次我到臺北，他總是幫我安排住的地方（有時甚至搶著幫我付旅館費），請我去吃飯，還有一次我中暑，嚴重脫水，他立刻帶我去看醫生打點滴。除了歷久彌新的友誼外，我們還合作過好幾次，出了一系列的中國現代文學作品與研究。當時他僱了兩個年輕的女孩子，專門從事收集編列書籍資料，歷時多年。

一九八二年九月，周錦安排了一次對談，是他和我兩人漫談三〇年代文學問題，座談內容由丘彥明紀錄，分兩天刊登於《聯合報．副刊》，題目為「如果魯迅不死」。那時魯迅的長孫周令飛，和女友剛於九月十八日從大陸到臺灣來定居，可能因此引發了對魯迅和三〇年代文學的興趣。魯迅被中國大陸政府推崇為中國現代文學之父，因此他的作品在臺灣一直是被禁的（臺灣的朋友說其實也有書店偷偷賣，但必須是熟人或熟人帶去買），到八〇年代中期，有人開始公開賣，政府睜一隻眼，閉一隻眼的，也不太管了。不過明目張膽的舉行座談討論魯迅，還是需要一點勇氣的。

一九八六年他又安排了我和老友劉紹銘對談近代中國文學，後來談話的內容在一九八六年十二月十九日的《中國時報．副刊》上登了出來，題為「在交會的時光裡」。那時我是輾轉從黑龍江到臺北，而劉紹銘則是從他當時任教的威斯康辛州過來；劉是最早編臺灣文學選集，把臺灣文學介紹給國際讀者的。有意思的是，劉出生於香港，後來到臺灣上大學，可是他對臺灣有很深的感情；我也不是臺灣人，但個人的成長過程和臺灣也有很緊密的關係；這或許是周錦安排讓我和劉對談的原因之一吧。

上面說過我剛認識孫陵時懷疑周錦是國民黨政府派去監視孫陵的，當然相交一段時間之後，就知道是我胡思亂想，周錦真的是一個有理想又十分誠懇的人，很可能也因此成為孫陵的知己。他認識的人很多，當然都是跟他同輩，或者年紀更大一點（他生於一九二八年），同樣從大陸來臺的，如尹雪曼等。周錦的太太，謝霜天，也寫小說，她對蕭紅的生平特別感興趣，寫了一本以蕭紅和蕭軍為主角的小說叫《夢迴呼蘭河》。作者用心良苦地選擇資料，引用蕭紅自己的文字來加強作品的真實感。我所讀過的傳記體小說，多半是按照主角的生平，從小寫到大的，使得人物的形象在作品中不斷地因成長過程而改變。但在《夢迴呼蘭河》中，主人翁蕭紅自始至終都是以大人的形象出現，她的童年等等經驗則是由小說裡的蕭紅自己用倒敘的方式呈現出來，所以她的過去總帶有人物自我分析和判斷的色彩，使讀者對蕭紅這個人物有更豐富的了解。讀來好像是蕭紅在和我們談她的往事似的，非常親切而有趣。看了以後我馬上寫了一篇評介，登在報紙上。後來也幫她翻譯成英文，可是一直都沒有機會出版；找不到出版社，讓我很遺憾。

跟周錦比較熟了以後，他跟我說他在大陸還有一個哥哥，在一個專門出版中國古典書籍的出版社工作，生活清苦。有一次我正好要去上海，跟周提起，他問我是否可以幫他帶一封信和一些錢給他哥哥，我自然是願意的。那是一九八三年，我先到北京，從那裡給他哥哥寫了一封短信，安排讓他到我在上海的賓館相見。賓館離當時的蘇聯領事館不遠，在蘇州河邊，魯迅故居附近，很好認。他哥哥帶了幾本他們出版社發行的書來，我們談了一會。我告訴他有關弟弟周錦的近況，給他看了一些照片，然後把裝有三百美元的信封交給他（三百美元在那個時候對他來說可是一筆不小的數目）。過了半個小時左右，他向我道謝後起身離開了。不到一個小時又回來了，兩眼含著淚說大概是一出賓館的門就被人盯上了，在去車站的路上被搶，錢統統被拿走了。那個賓館住的大都是外國人，搶匪專門盯來賓館的中國人，一定就是料定「富有」的外國人會給他們自己的同胞錢。我既憤怒又難過，對未能達成好友交代的任務感到非常內疚，我身上錢不多，湊湊有一百五到兩百美元左右，統統給了他，還特地囑咐他要小心，別又讓人給搶了，而後從美國又匯了兩百給他。過了幾年後，兩岸通了，周錦也就可以自己回大陸探親了，不知道他是否來得及回去，因為他之後不久突然去世。我在臺灣就又少了一個朋友！

翻譯路上的貴人——殷張蘭熙

我接觸臺灣文人是間接的，先從大陸東北作家開始，而我的翻譯生涯也經過類似的過程，即，最先發表的兩個翻譯是朱自清和思果的散文，朱於五〇年代初期逝世於大陸，而思果是大陸來臺作家。最早是因為我特別喜歡朱的散文，翻譯了幾篇我非常欣賞的，如〈匆匆〉、〈荷塘月色〉、〈給亡婦〉等，自己大膽地投到中華民國筆會

的雜誌 *The Chinese PEN Quarterly*（筆會季刊），由於這幾個翻譯，有幸與季刊的創辦人兼編輯殷張蘭熙（Nancy Ing）認識，從此開闊了我的翻譯世界。但剛開始時純粹是因為朱自清，從未想過以後要當個翻譯。會走上翻譯的「不歸路」，並和臺灣文學與作家結下不解之緣，這一切都得從殷張蘭熙說起。她創辦的季刊除了發表老一派作家的作品，也把臺灣不少年輕作家介紹到國外去，如陳若曦、白先勇、王文興、歐陽子、王禎和等等，貢獻無量，這是一般臺灣人不知道的。她對我的翻譯生涯也有很大的影響，首先是在我剛拿到博士學位沒多久，她就積極鼓勵我，不嫌棄我缺乏經驗，給我機會翻譯臺灣文學作品，我也因而透過她認識了許多知名作家。當然最初認識的是老一派的，跟她年紀差不多的，如彭歌、王藍、陳紀瀅、瘂弦等。後來我在各種場合常見到瘂弦，包括讓我終生後悔不已的一事（後面慢慢說）；至於彭歌等人，只有在殷家聚會時才見到。殷張蘭熙的丈夫殷之浩，是著名的營建商，圓山大飯店擴建就是他的公司承辦的，他們夫妻十分好客，不時邀請文人藝術家來家裡聚會，我既不是文人也不是藝術家，卻也忝列殷家客人之中，我也從來沒有翻譯過這幾位作家詩人的作品，但 Nancy 幫我打開臺灣文學的大門，並帶我進入其殿堂，這是不可否認的。甚至，也是由於她，我才有第一部「重要」翻譯。

一九七六年，陳若曦的小說集《尹縣長》出版了，一共收了六個短篇，這是第一個以文化大革命為背景的小說集，加上陳本人親身經歷了文革的種種，所以也極具歷史意義。當時臺灣文壇當然就很希望能把這個集子翻譯成其他語言出版，Nancy 自然是英文翻譯的最佳人選，因為在這之前，她已經出版了一個臺灣短篇小說英譯集，收了後來一些相當出名作家的作品，其中就有陳的一個短篇。Nancy 翻譯了《尹縣長》集子裡的五個短篇，美國印第安納大學的出版社也已同意出版，收入當時他們在策劃出版的中文小說英譯系列叢書。但後來出版部主任要求 Nancy 找一個母語是英語的人合譯；出版社找上我，他們跟我說原因有三：（1）要找一個跟臺灣政界沒有關係的人，免得讓人認為該集子是個反共宣傳；（2）找一個學術界的人，最好是和印第安納大學有關聯的人；（3）當然要有翻譯經驗的。我是印第安納大學的中文博士，當時我翻譯的蕭紅長篇小說《呼蘭河傳》也正好即將由印大出版，可謂天時地利人和。不過也因為這個集子，我自己的翻譯不但延後出版，而且本來應該是該系列叢書的第一本，因《尹縣長》比較具有時間性（甚至「爆炸性」），就被擠下來，變成第二本了。我一點也不沮喪，而且該系列的第三本也是我的翻譯，即，黃春明的短篇集子《溺死一隻老貓》。

言歸正傳，和出版社談妥，我翻譯兩、三個短篇並擔任整個集子的文字編輯。英文的《尹縣長》於一九七八年在美國出版，好評不斷，大大小小幾十個報紙雜誌都有

（左起）李歐梵、歐陽子、殷張蘭熙、我、許芥昱、張誦聖（右二，德州大學教授）。

（左起）殷張蘭熙、我、瘂弦。

臺北筆會一九七六年開翻譯研討會，左為殷張蘭熙（殷琪之母）。

（前排左起）我、余光中、齊邦媛、高天恩，高天恩後面是輔大教授康士林與筆會編輯。

許芥昱與陳若曦。

很高的評論，陳若曦也因此出了點小名。這是我的翻譯第一次在美國出版，雖然只有兩、三個短篇，但整本小說的潤色修飾出於我的手，當然與有榮焉；然而這次的翻譯編輯經驗把我捲進一個莫名其妙的誤會，是我人生第一次，但不是唯一的一次，由於翻譯惹來麻煩。《尹縣長》英譯本出版不久，臺灣的幾個報紙來採訪我，我傻傻的來者不拒。後來我才知道有一家報紙（可能不只一家）訪問刊出來時的標題，給人的感覺就是陳若曦的《尹縣長》是葛浩文一個人翻譯的，完全沒有提 Nancy 的名字，儘管我從來沒有說是我一個人翻的。我是整本翻譯進行到一半才加入的；書封面上首先列的是 Nancy 的名字，我排在第二；不管怎麼樣我絕對不會去說是我一個人翻的；但是報紙記者可能連英文版的《尹縣長》都沒摸過，就隨便亂寫，我人在美國也沒有及時看到採訪，及時去跟 Nancy 闢謠。過了不久，我碰巧到臺灣，就有人來跟我說，Nancy 很不高興我一個人獨自占了功勞。報紙那麼寫，她看了不悅是理所當然，但我也是無辜的，真是冤枉我了。

我到現在還記得如何澄清的。那時我下榻於臺北仁愛路的福華大飯店，聽到消息馬上找一個公用電話打給 Nancy，跟她解釋誤會是如何產生的，她聽了以後似乎就了解了，也「原諒」了我，可是要過了很久她才完全釋懷，可能她覺得我在採訪過程沒有特別強調兩人合譯，導致記者的錯誤印象。但不管怎樣，Nancy 對我的支持和鼓勵還是一直持續不斷，常邀我給筆會翻譯，後來我教書工作繁重，加上逐漸轉向翻譯長篇小說，另外，能做中英翻譯的人也多了，因此我在《中華民國筆會季刊》發表的翻譯慢慢減少。

我還記得那家報紙的記者叫什麼名字，現在大概已經退休了，所以就不說是誰了。這次的經驗慘痛，我卻沒有學到教訓，還是常常因記者粗心或特意煽情而吃虧。後來，我終於學到接受採訪前，先要求記者採訪稿寫完以後務必給我過目，否則不接受採訪。這樣做的好處是避免得罪人，但卻給自己帶來更多的工作。前一陣子聽到臺灣一個文化界名人抱怨有些年輕記者不用功，採訪之前不做功課，隨便問一些問題草草寫了交差了事，真是於我心有慼慼焉。記者問的問題幾乎千篇一律，不外乎什麼時候開始學中文，在哪裡學的，最喜歡的臺灣／中國作家有哪些，比較有「深度」一些的就是問中文翻譯成英文有什麼難處，成語怎麼翻等等。為了不讓讀者覺得採訪內容太空洞，常常要花時間幫記者修改（有些記者中文不行那就更麻煩了），真是吃力不討好。有一天，乾脆自己做一個自我採訪「浩文葛採訪葛浩文」（見附錄四），算是「正版」的，並且決定不再接受任何採訪。該說的，可以說的，都已經說過，就請記者去網上查看吧。

說得有點離題了，不過讀者可以看出我對這個誤會至今還是耿耿於懷，因為我實在太敬重 Nancy 了。她是一個華文文學翻譯的開路先鋒，有幸與她相識以來，她一直是我的良師益友。我常常去她臺北的家和舊金山的住宅看她；我們一起吃過許多次飯，甚至也參加過一次在圓山大飯店舉行的晚宴，當時在場的還有她丈夫殷之浩先生。殷先生鋼琴彈得極好，我們一夥人圍著鋼琴合唱，酒喝得越多，歌聲就越高昂，真是終生難忘的一個夜晚。後來她說腦力慢慢退化，就把《筆會》交給她的好友齊邦媛教授，我跟 Nancy 見面的機會就越來越少。

讓我受寵若驚的作家——柏楊

我於一九七四年開始在舊金山州立大學任教，教了幾年以後，一年夏天，我和同事陳曉六帶學生到臺北學中文。很巧的是，我們一行住在救國團的青年活動中心，也就是我當年住過的劍潭。一天晚上，有人打電話給我，是一個叫郭什麼的人（當時我的房間沒有電話，打到什麼辦公室，讓人來傳話，我因此沒聽清楚來電的人的名字）。我一接，是個女的，說有人請我去對面的圓山大飯店喝咖啡。好奇心驅使，我就真的過去了，原來那個人叫郭衣洞，也就是柏楊。當時我對柏楊所知不多，那晚見面才得知他剛從監獄被關回來不久。他由於翻譯了大力水手的一句話，不小心觸動了蔣介石非常敏感的神經，被調查局以「共產黨間諜」及「打擊國家領導中心」的罪名逮捕，後移送警備總部，經軍法審判後判有期徒刑十二年，開除國民黨黨籍，被關在美其名曰綠島的監獄九年，一九七七年才出獄。

老實說，直到今天我還是不懂他為什麼要找我，也不知道他怎麼知道我是誰，住哪裡。但我猜大概是他的夫人張香華女士做了「調查」，可能在報紙上看過我的名字。或許當時白色恐怖的受難人，即使釋放了，也不知哪天又會被抓進去（陳映真被放了以後又被抓回去約談過），所以總是希望越多人了解他們的經歷越好，因此來找我。但他覺得我在學術以及個人方面夠資格做他的朋友，讓我受寵若驚。之後的許多年內，我們經常見面，有時在餐廳，有時在他新店的家，或者在《文星》雜誌社的辦公室。我和柏老甚至也在舊金山見過一次面（好像是在希爾頓大飯店），我們大都討論臺灣時政和國際政局。他對我在臺灣幾個報紙上發表的文章和在不同場合的演講都非常感興趣，也極力鼓勵我將這些文章和講稿收集成書，後來我真的接受他的建議，雜七雜八地收集了幾十篇文章：演講稿，抒情散文，甚至於稍微長一點的書評，由他代為尋找出版社，最後於一九八四年由學英文化公司出版。我剛開始覺得很不好意思，一個外國人出版中文書，不是班門弄斧嗎？他說：「好，書名就叫《弄斧集》！」

某一年我舊金山州立大學碩士班的一個學生當時在追柏楊的女兒，跟別人合譯了柏楊的短篇小說集，我雙方都認識，就替小說集寫序。我雖然從來沒有翻譯過柏老的作品，但是我曾和一個朋友談過翻譯柏楊上、下兩冊的《中國人史綱》，是他在綠島監獄裡完成的；不過僅止於討論的階段。我後來倒寫了一篇題為「小說柏楊」的文章在柏楊座談會上發表。

如同五四前後著名作家，社會批評家，兼翻譯家的魯迅一樣，柏楊的文藝道路由小說起源，以郭衣洞為名寫小說，其中人物大略有三種：退伍軍人，小公務員，及知識分子，特別是和他自己一樣曾經在大陸上大學，來到臺灣後在小學或中學教書的人，基本上也都是走投無路、非常窮困的人。至於同樣苦命的臺灣本地人，在這些小說裡則很少出現。他的人物都是日子過得不順的小市民：經濟上，精神上，甚至於愛情上，無一是順利的，甚且災難連連。讀完了郭衣洞早期的小說，心裡的感覺總是相當沉重，有些甚至讓讀者感到窒息，想要向上天抱怨這世界的殘忍、不公平，如同讀完魯迅作品一樣。柏楊的寫作後來轉變成另一種更為尖銳的文學類型，也就是魯迅所擅長的雜文，筆名為柏楊的郭衣洞因此類文章揚名華語世界。

二〇〇三年十月，應邀到臺北參加「柏楊文學史學思想國際學術研討會」。開完那天的大會後，我們和柏老夫婦以及其他幾個人一起去吃晚飯；那是我最後一次見到他（他於二〇〇八年過世）。與柏老認識多年，讓我永遠忘不了的一個情景之一，就是他開他的福特轎車帶我去某個地方，我坐後面，他一邊開車一邊不時回過頭來跟我說話，嚇得我手心直冒汗。他的解釋是，臺北交通太亂，如果兩眼直視前方，就會被橫衝直撞的車子嚇得不敢開，所以最「安全」的辦法就是往後看！

更有意思的是，一九八六年我在哈爾濱做研究，有一天和老友王觀泉去哈爾濱的新華書店，之前聽說他們有賣柏楊的《醜陋的中國人》，我跟店員問起，他說沒有。王觀泉和書店的人很熟，又是知名學者，他把店員拉到一邊去說了幾句悄悄話，店員走到櫃檯後面的房間去，出來時跟變魔術一樣，手裡多了一本用紙包起來的書，王付錢把書買下來，還贏得店員一句稱讚，「好書一本！」沒錯，的確是好書，是一位道地的「好人」所寫。

以上所細談的四位長輩，對我的學術翻譯生涯有深刻的影響，與他們相識交往的過程中，我也跟他們學到不少寶貴的做人的道理和原則，因此他們也算我的老師，與許芥昱和柳無忌兩位一樣。其中三位已經作古，不過他們永遠活在我心中。

（左起）張香華、柏楊與我。

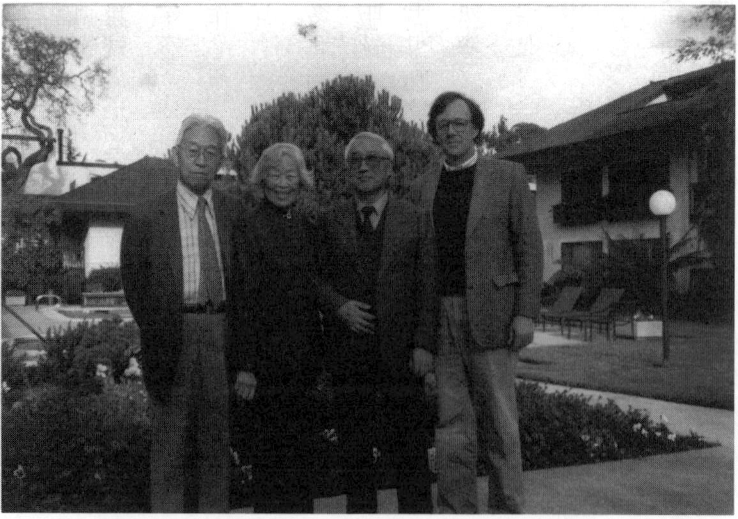

（左起）柳無忌、柳妻、王觀泉、我，攝於史丹佛大學。

前面提到，我翻譯臺灣小說是從一九七四年給筆會季刊譯一些短篇開始，近幾年為杜國清教授編的一個翻譯刊物翻譯一些中、短篇，還有其他雜誌書籍收錄的翻譯，實在不少。可是這些大部分是短篇，長篇小說總共只有十本，九個作家，而剛好一半是和他人合譯，包括三本是和林麗君合譯的。除了李永平以外，這些作家我基本都認識，有幾位已經成為知己朋友。介紹我翻譯他們作品並與他們相識過程之前，有一點要說明一下：

英語國家（尤其是美國），翻譯小說數量不多而且銷路往往不可觀。中文小說更是很難找到出版機會。一般出版的通路有大學出版社和商業出版社。大學出版社以發行學術研究著作為主，不是每一個都出版翻譯作品，而且受經費限制很少打廣告促銷，導致發行量低，加上賣得比較貴，讀者群自然就小；但有一個好處是，他們願意出版叫好不叫座、有文學（或歷史或政治或文化）價值的書。相對的，商業出版社發行量高，讀者多，但既然是商業出版社，賺錢第一，只要出版社認為銷售量不太樂觀，即使作品寫得好，也很難說服他們出版。

這一、二十年來，中國大陸翻譯還是比較受商業出版社的重視。我（們）翻譯的臺灣長篇或短篇小說集，只有兩本是商業出版社出的，其餘都是美國的大學出版社所出：印第安納大學出版社出了一本（收入夏志清、李歐梵和劉紹明合編的系列），哥倫比亞大學出版社出了五本（列入王德威編的叢書）；另外，香港的中文大學出版社也出了一本。由此可見，在出版商和英語讀者眼裡，臺灣並不是中國，作品寫得再好也很難進入商業出版社的大門。以我看來，如果沒有像王德威那樣極力推廣臺灣文學，美國讀者不容易讀到臺灣人寫的小說。

閒不下來的好友——黃春明

臺灣作家中，最早認識的該是黃春明，已經三十多年，卻是直到最近才確定我們是一九七六年認識的，不過我記得很清楚是在什麼樣的情況下第一次看到這個名字。那是一九七四年春天，剛認識殷張蘭熙，我翻譯的朱自清的散文在《筆會季刊》發表之後沒多久，她寄了一個臺灣作家寫的一篇散文讓我翻譯。翻完登出後，她又找我翻譯了幾個短篇故事，作者的名字都是我從來沒有聽過。當然我也照辦了。這對我就等於開一門臺灣文學課，給我一個寶貴機會欣賞一點本土小說的內容與風格，同時練習翻譯的技巧。

過了一段時間，她從臺北寄來一個長一點的小說，這篇小說可說是改變一切的關鍵性作品（起碼對我個人而言），那就是黃春明的《莎喲娜拉．再見》。那時我並不知道黃春明是誰，但是這個故事我特別喜歡，因此對作者起了興趣，很巧的是我們年紀差不多，都是三十出頭的年輕小伙子（！），也都是剛「出道」不久；他剛開始寫小說，我剛開始翻譯小說。另外，不可否認而且值得一提的是：黃春明的作品跟我那時讀過的所有來自臺灣的文學大不相同，寫的主要是臺灣鄉土，鄉下小人物的悲歡哀樂，而不是大陸來臺的作家懷念過去思鄉的故事。相信大家都同意，當代臺灣鄉土文學寫得最好的很可能就是黃春明，而我很幸運的，第一次接觸臺灣此類作品與題材時就是看到黃春明的作品。他很有技巧的用詼諧的情節對話和其他敘述手法描寫貧苦的農村生活，如〈魚〉、〈兒子的大玩偶〉、〈癬〉，或從農村到城市打拚的經驗，如〈兩個油漆匠〉、〈蘋果的滋味〉，還好他沒有因此觸怒連〈補破網〉都要禁的政府。這話當然多少要打折扣，因為他也曾被警衛總部的人「邀請去喝茶」。

翻譯他的作品不久，終於有機會見到黃本人。黃春明樂天，喜愛逍遙的生活，頗得父親真傳——他父親一句英文也不會就自己跑到美國，在中西部開了一家中國飯館——當時也是自己一個人在美國各地旅遊，有一陣子還買了一部破舊的老車，繼續漫遊美國。他就是這樣突然出現在我家門口的，我們一見如故，開始了幾十年的友誼。因為我這人記性不好也從來不寫日記，因此忘了那一天首次見面我們都談了什

夏志清（前排左二）、我（後排左一）、劉紹銘（後排左二）、王德威（後排右一）、高克毅（後排右五）。

每次到臺北總要設法和「阿明」見面。之前因為口無遮攔得罪了他，還好後來重拾友誼。此為與黃春明夫婦的合照。

麼，不過一定就是談他寫的小說。他當然也說故事給我聽；黃春明是個天生的說故事好手，一件簡單得不得了的事，他也能用生動的語言加手勢說得讓人覺得好像在看電影。更令我佩服的是，他會夾雜臺灣話，那時候臺灣話我一竅不通，可是他說的故事我完全聽得懂，這是黃春明了不起的地方之一。

我生平第一次發表的學術論文，是我在舊金山州立大學教書的第二年，文章的初稿來自於在德州大學召開的一個臺灣文學會議。參加的作家與學者有夏志清、劉紹明、李歐梵、林耀福、楊牧、歐陽子、張系國、水晶，和幾個外國人，其中好幾個後來在各種場合上常常見到。我那次會議上發表的演講，講的就是臺灣的文學國寶，黃春明的鄉土小說。

從那次見面後的好幾十年間，我每次一到臺北總要設法和「阿明」見面。剛認識他的時候我大概叫他黃先生吧，後來，兩個人熟了一點，就開始以臺灣人的稱呼法叫他阿明；而他則不知道從哪裡看到我在臺灣的第一個中文名字，郭布雷，愛叫我阿雷，真好玩。有一次，他開車帶我去臺北郊區附近，如烏來等地，看看他小說寫到的地方，包括《莎喲娜啦．再見》的場景，走的大都是山路，九彎十八拐的，把我嚇得魂都飛掉了。當然我不敢開口說怕，男子漢大丈夫豈可輕易言怕！所以在狹窄的山路會車時，只好把眼睛閉起來，可能錯過了許多美景也說不定。到現在我還是特別不喜歡在山裡開車，大概就是被黃春明嚇怕的。不知道走了多久，終於停下來，在路邊的一個茶攤休息，驚魂未定的我抽根最便宜的香菸（應該是新樂園吧）替自己收驚，和茶攤老闆聊聊。我就想回程應該不會那麼可怕吧，真是大錯特錯。回去的路上大都是下坡路，這回我開始擔心他車子煞車不靈。他好像故意要嚇我，還不時指出路旁的冥紙，說是摔車身亡者的家屬來丟的紙錢！

一九八〇年，美國印第安納大學出版黃春明短篇小說集的英譯，集子取自其中的一個故事的題目，叫〈溺死一隻老貓〉（The Drowning of an Old Cat），收的都是黃春明的佳作，同時也是中國文學史最膾炙人口的短篇小說，尤其是〈魚〉，我個人認為是短篇小說的上乘之作，故事不長，可是敘述技巧高超，把該說的都用各種方式呈現出來，但還有許多沒有直接描述出來，要靠讀者用心去體會欣賞。這個故事我讀過許多遍，除了是在翻譯過程中看了幾次以外，在大學的課堂上也教過，每次讀都有不同的感受。那時因為篇幅有限，那個集子沒有收入黃春明一個剖析臺灣人效仿美國人的中篇：〈我愛瑪麗〉。故事發表於臺灣剛被踢出聯合國以後（在臺灣要說退出聯合國，很對不起，其實是被踢出的，expelled），美國卡特政府與中國建交之前，因此〈我愛瑪麗〉具有時代意義。

後來我應哥倫比亞大學出版社之邀，翻譯王禎和的《玫瑰玫瑰我愛你》（見下），阿明也有一篇小說〈小寡婦〉，同樣也觸及臺美關係，以及臺灣人崇洋媚外的態度，發表的時間其實比王的小說早，但是已經有人翻譯過了，所以我就無緣翻譯，只好跟阿明說抱歉。之後，印第安納大學出版的那個短篇小說集絕版了，出版社無意再版，就把版權拿回來，另外加了一個短篇，交由哥倫比亞大學於二〇〇一年重新再出，名為《The Taste of Apples》（蘋果的滋味）。去年香港中文大學附屬的翻譯研究中心與我聯絡，希望能出版黃春明的短篇小說，我又譯了幾個以前沒有翻譯過的短篇，包括〈一只懷錶〉，〈請勿與司機交談〉等等，有新作也有知名舊著（〈魚〉和〈兩個油漆匠〉我實在太喜歡了，所以徵求哥大出版社的同意也收了進去），集子就命名為《Huang Chunming: Stories》。這在在都顯示阿明的小說歷久彌新，從他一九六九年發表第一篇小說到現在已經快半個世紀了，可是照樣有人讀，有人欣賞，有人喝采。

一九八〇年夏天我到臺北，租了一間公寓，打算整個暑假都待在臺北。在那裡，收到一封從美國轉寄的電報，是中國作協的畢朔望發來的，說中國當局同意我去北京拜訪東北作家蕭軍。這是我生平第一次去中國，而且是要從臺灣去，怎麼可能?!我得先到香港去，再說得辦簽證。跟阿明提起，他幾乎比我還興奮，連聲鼓勵我，「要去啊，一定要去。」當然沒有阿明極力鼓吹，我還是會去的。他還叮囑我一定要多拍一些照片，只是他那麼興致高昂，讓我開始有點意外，後來想想也是，他那一輩以及稍後出生的臺灣人從小的地理、歷史課本都是「中國中心」，加上學校老師不斷灌輸中國的概念，包括姜貴、林海音等人寫的書，都起了很大的作用；即使是不認同大陸的人，也難免對那個地方有極大的好奇心，而且又是一個只能讀到不能看到的地方。加上阿明對什麼新事物都有興趣，當然就希望我能「代替」他去一趟。

兩個星期以後回到臺北，我受到各種不同的待遇，許多社會知名人士對我的大陸之行的反應十分激烈。但是對阿明來說，能夠透過我拍的照片看到「久仰」的「共匪」和當時中國大陸的人事，實在是太難得，是十分珍貴的經驗，他迫不及待地等我去照相館把底片沖洗出來，一張一張地翻看，我想可能也是在這個時候他開始計畫一旦政府放行，他就自己去大陸看看。

阿明有一段時間不寫小說，但他的小說不斷有出版社收集成書，當然還有根據他的短篇拍成的電影，《兒子的大玩偶》，《看海的日子》都是由臺灣電影大師執導。據我所知，其中一部電影的劇本是阿明寫的。他實在是一個多才多藝的人，會寫給大人看的小說，也會寫給小孩看的童書和劇本，參與家鄉宜蘭的種種活動如童玩節，早期還主持過電視節目呢。還有，他的書封面幾乎都是他自己的作品，風趣又有創意。

一九八六年，阿明重拾寫作，三個短篇在《聯合報》刊登，六個星期刊完，引起了不少討論後，當時《聯合報》副刊主編瘂弦，請我和阿明去敦化南路上的一家餐廳吃飯，同時進行一場座談以供《聯合報》日後刊登，主要討論的是阿明的鄉土作品，包括〈瞎子阿木〉、〈現此時先生〉和〈打蒼蠅〉。讓我一輩子都懊悔不堪的是，我那天不知吃錯了什麼藥，竟然說了一些十分傷人的話，跟阿明說三個故事我都喜歡，可是我覺得跟他六〇年代和七〇年代的作品相比差了一些。跟一個作家，尤其是自己的好朋友，說這樣的話，不是頭殼壞去，是什麼？然後我又「再接再厲」跟他說他的筆好像有點生鏽了。人人都知道不要跟一個女人說她胖了，不要跟一個運動員說他老了跑不動了，當然也不要跟一個作家說他的作品沒有以前寫得好。結束後我當然十分懊悔，這或許是我學者兼翻譯雙重身分免不了的衝突，學者分析研究一部作品不能全面說好話，否則就容易淪為「粉絲」，缺乏學術研究應有的中立性，因此我就說了一些帶有批判性的話。但是那天瘂弦邀我去對談，是基於我是翻譯又是黃春明好友的出發點，是一個臺灣文學的推廣發揚者，而不是文學評論家。

大家可想而知，那天的對話後來沒有登出來，而我和阿明多年來的友誼也因為我的一時口快而受到影響，心虛之下，後來我到臺北就不敢跟他聯絡，我們見面的機會也就越來越少。阿明如果心裡對我不滿，甚至恨我，他沒說，但我完全可以了解。兩年後，聶華苓跟我聯絡，說她受香港某一出版社之託要編一冊中文的黃春明小說集，問我有沒有興趣，對我來說，這是一個「贖罪」的好機會，當然馬上一口答應。我寫信給阿明，請他列一下他最得意的作品，加上幾篇我自己特別喜歡的，總共十篇。他沒有選「罪魁禍首」的那三篇，但是我打定主意非選進去不可。除此之外，也把我以前寫的一篇有關阿明小說的論文，以及一個短一點但佳評不斷的序文加進去。他提供了一些照片。出版後讀者反應很不錯，讓我最高興的是終於可以讓我們重拾友誼。

最近幾年阿明忙著兒童劇場，還在故鄉宜蘭辦了一份雙月刊叫《九彎十八拐》，每個星期臺北——宜蘭來回跑，真是老當益壯。他們那一代的文人藝術家和明星咖啡屋有很深的淵源，咖啡屋在臺灣當代文化圈扮演的角色已大不如從前，而阿明卻憨憨地要去重新捕捉那種迷人的文藝氛圍，在宜蘭火車站斜對面開了一家「白果樹，紅磚屋」，白天是咖啡屋，晚上是文藝沙龍，週末假日則為親子故事劇場。去年見到他和他太太 Yumi，他邀我去宜蘭，我開了張空頭支票到現在還沒有兌現。這幾年，我們都很忙，雖然已是「古來稀」的年紀了，可是說越老越忙，一點都不過分，我們都覺得要做的，能做的，太多太多了，再說，他跟我一樣，都是閒不下來的人；我們就比賽誰比較忙吧！

一輩子的朋友——李昂

上面說到我因為口無遮攔得罪了好友黃春明。之後還有幾次由於翻譯的關係遭到臺灣朋友的質疑，最明顯的例子就是翻譯李昂的《殺夫》，他們反對的主要原因就是《殺夫》描述的臺灣社會太黑暗，臺灣男人過於殘暴，用食物控制妻子達其性虐待的惡行，而臺灣婦女被寫得既可憐又可悲（甚至像左鄰右舍的婦女那樣可恨）。總而言之，從這些人士的角度來看，這部作品毫無可取之處，完全不值得翻譯，更別說它如何在國際上破壞臺灣的形象了。當時（八〇年代）臺灣社會還是相當保守，《殺夫》的出現無疑是給戒嚴下的臺灣投入一枚炸彈，可以想像那一年《聯合報》小說獎的評審承受的壓力，評審的原則是在於小說寫作的技巧是否成功，而不是道德標準。但換個角度來看，《殺夫》的確暴露了臺灣父權社會種種歧視虐待婦女的惡習，恐怕是臺灣社會人士不願意面對的。當時臺灣經濟起飛，大家的生活都變好了，雖然還戒嚴，但大部分人的生活基本上不受影響，女性的教育程度逐漸提高，白領都會女子人數越來越多，一個殷實的中產社會階級開始壯大，甚至壟斷話語權，在這樣的情況下，鄉下沒有受過教育或教育水準很低的女性的生活，就被有意無意的忽視了。《殺夫》提醒了臺灣社會，尤其是知識分子，強迫他們去面對臺灣社會下層女子的遭遇，當然是不會受歡迎的。人家一切都過得好好的，李昂為什麼要寫《殺夫》來戳破臺灣美麗生活的表面？而我又為什麼要把它翻譯成英文？在臺灣獻醜還不夠，還要到英文讀者面前去揭瘡疤?!這是一些人對我的「意見」。

李昂的小說從來都是非常有爭議性的，她對臺灣社會文化的批評也通常一針見血，不認識她的人難免會「以書看人」，認為她可能很尖刻。其實，李昂是我認識的人裡最好相處的一個；沒錯，她很有自己的想法，腦子動得很快，常常會讓人跟不上，分析事情眼光角度犀利。但是她絕對不會因為自己聰明絕頂而看低別人；另外她還是個慷慨，心胸寬大的人，跟她交上朋友就是一輩子的朋友。

我認識李昂也是透過她的作品。「殺夫」跟我以前所有看過的中文小說完全不同，可以說是一個全新的閱讀經驗。我一看完，就打定主意非把它翻譯成英文不可。當時我並不知道李昂是誰，只能透過朋友（很可能是鄭樹森，那一年《聯合報》小說獎的評審之一）和李昂聯絡。然後聽說已經有人跟她提起要翻譯「殺夫」，當然我很懊惱，好像看到一個自己喜歡的女孩然後得知她已經名花有主一樣。幸好，那個人竟然是我以前的學生。當老師的，或許應該就讓學生去翻譯了（或者以中國文化尊師重道的傳統來看，學生應該讓給老師！），但是我沒有讓，我不願意讓。最後由李昂來做決定，她選擇由我來翻。譯好後找出版社發表，一直到現在，二十多年過去了，還沒有絕版，每年都還是有人買，有人看，美國大學也都有老師教這個小說。後來我加了李昂的幾個非常出色的短篇，不少是她十幾歲時寫的，尤其是〈有曲線的娃娃〉，很難想像那個年紀的女孩寫得出那樣的作品，重新出版，同樣也廣受歡迎。小說寫得好，當然沒話說，不過我也要誇口一下說，小說歷久彌新跟我的翻譯不無關係。

李昂的寫作生涯已有幾十年，而且一直有新作，總是在題材或寫作手法上不斷創新。我這裡不談她的作品，要談的是我們幾十年的友誼。我每次到臺北，只要她人也在臺灣，我們都會相聚，一起吃過的飯多得數不清了。很多時候，都是跟臺灣新生代的文化人——作家、導演、藝術家之流，當然去的也是上好的餐廳囉。而且不僅在臺北，還有其他地方，如美國、香港、澳門、德國等。不管在哪裡，李昂能言善道，又十分「海派」，而她身兼作家、政治評論家和美食家，總是眾人注意的焦點所在。

有一次是在哪個地方先吃了飯，然後她說我們找一個地方喝點飯後酒，再去一個助選會。助選會？這我倒是第一次聽說。臺灣我來來去去這麼多年，都是戒嚴時期，選舉非常公式化，我一向沒興趣。解嚴了，一切都不一樣了。那個地方擠滿了人，大部分都是年紀大一點的本省人。李昂那天來演講助陣，用的幾乎都是臺灣話，我聽不懂，就坐在門邊看熱鬧，她講到一半，突然每個人都回頭往我這邊看過來，大家臉上都帶著笑，還一邊鼓掌，我莫名其妙，只想找個洞鑽下去躲起來。平常不是沒有這種「眾人矚目」的經驗，當老師或是演講都很習慣在眾人面前，習慣眾人的注視，可是這畢竟不同。後來我才知道她跟在場的人說，我這個外國朋友也支持他們民進黨的候選人！當然大家都要看我啦。

臺灣文學，我是翻譯的多，學術論述比較少，不過我寫過一篇文章討論李昂的性與政治的小說，文章還再版了一、兩次。幾年前，我應中正大學之邀去參加他們的李昂作品研討會，在會上的許多中外學者從各個角度探討李昂作品的重要和貢獻，能在場聆聽，讓我與有榮焉。也是在這次的研討會上，李昂透露了當年新聞局來函「關心」一下她的「殺夫，」我才知道政府給她的壓力。戒嚴時期箝制思想言論自由事件層出不窮，但我的了解是，這些都是與政治有關（比方柏楊事件，或是後來的美麗島事件），沒想到一本中篇小說也會讓政府當局不安。這就讓我聯想到李昂幾十年的寫作生涯所遭受到的打壓，不管是來自政府的，或是來自社會的衛道者，甚至黨外的同道，即《北港香爐人人插》出版後攻擊她的左派人士。換作別人早就受不了、放棄或妥協了，可是李昂還是堅持繼續寫她想寫的東西，這是很不容易，需要很大的勇氣的。

兩年前，香港幾個機構，包括《明報月刊》，城市大學等，合辦兩岸四地的華文文學講座，邀請了香港、臺灣、澳門和大陸，以及美國和歐洲來的作家學者與會，很巧的，李昂和我都去了，當然談得很高興，也免不了要去吃美食。這次是到澳門新葡京飯店頂樓的米其林三星的法國天巢餐廳，是集米其林星星於一身的侯布雄（Joël Robuchon）手下的名店。當晚，侯布雄本人也在場，出來跟食客打招呼，也就到我們那一桌。李昂也不知道吃過多少米其林的餐廳了，自然就跟他聊起各地的頂級餐廳，而我則是因為整個飲食經驗太特殊而有點目瞪口呆的。且聽我道來：各式各樣的麵包是用推車推過來供客人自行選用，上好的奶油分加鹽以及不加鹽的兩種，各塑成小山狀，客人指定要哪一種後，侍者用一把精緻的奶油刀輕輕在小山上刮一下送到麵包盤。最後的飯後甜點之外，還有糖果車，一推車的糖果任你挑選。吃完飯要走時，女侍者陪我們走去搭電梯，在電梯口遞過來一個裝了侯布雄特製蜂蜜蛋糕的手提紙袋，讓女客李昂和林麗君回家之後回味晚飯時，還可以親身再享受一下美食。這次經驗是終生難忘，大概只有諾貝爾獎頒獎典禮的晚宴可以相比。

兩年後，我們從上海到臺北，正是十月底吃螃蟹的季節。她知道我在上海因為重感冒，上海朋友原本要請吃螃蟹，就因此錯過了，所以一路從關渡捧著一大盒活生生的大閘蟹到臺北東區的一家日本料理店，讓老闆（也是她的好朋友）當場煮了給我們吃。我吃東西怕麻煩，所以只好辜負她的好意了。說起來，我們美國人大概是最不懂吃的，一大塊牛排煎了或烤了配點蔬菜或薯條或芋泥，就是一餐；或者兩塊麵包中間夾一塊煎的不太熟的牛肉餅，也是一餐；要不，就是把雞塊炸了吃。要說精緻的好菜，得向法國取經；要簡易而又新鮮的麵食當然是義大利了，這還不算難，至於要像華人那樣吃螃蟹，或者津津有味的啃雞爪是絕對不可能的。可能是因為耗時而又吃不到什麼肉吧，或者雞爪、豬腳、牛肝之類的東西觸犯某種飲食甚至文化禁忌。德國豬腳十分有名，美國也不缺德國移民；牛肝在猶太飲食傳統的重要，給美式英文帶來一個俗語 chopped liver；但不知為什麼這些東西在美國兩百多年的飲食文化歷史裡被排斥。我自己就從來沒有吃過豬腳，或美其名曰鳳爪的雞腳等，大部分的原因是吃起來太不方便了。美式飲食裡唯一可以相媲美的大概是吃水煮玉米，雖然有點麻煩，但一定要用啃的，沒有人會拿刀把玉米粒切下來吃。也有人說，美國人吃東西就是怕麻煩，什麼都讓超市的廚房處理得乾乾淨淨的，雞鴨絕對沒有頭或腳，只有幾種魚是以全魚的方式賣出，要像在臺灣傳統市場那樣挑選活生生亂蹦亂跳的魚，只能到中國城或專賣亞洲食品的商店去。

大概是怕我那晚沒吃飽，第二天晚上李昂又邀我們去臺北的侯布雄餐廳，也算是比較一下澳門和臺北的兩家有何不同。我們都同意太不一樣了，最明顯的是臺北那家的份量大多了。聽李昂說是因為臺灣人習慣「俗擱大碗」，而這個侯布雄剛來臺北時既不「俗」也不大碗，被食客在網上批評得半死，後來只好入境隨俗了。侯布雄在臺北無法堅持他美食原則，我覺得很可惜；品嘗美食不在於分量，吃得飽跟東西好吃不好吃一點關係也沒有。要不，就去麥當勞買幾個漢堡也可以吃得很飽。其實分量少反而比較可以細細品嘗；相對的，把肚子填滿後，可能只感到飽，無法回味無窮。跟六〇年代和七〇年代相比，臺灣的吃已經精緻許多，也很少看到人吃自助餐時拿一大堆，然後吃不完因而盤子滿是剩菜，但或許臺灣還需要幾年才能達到國際美食水準。當然，一晚下來所費不貲，又是李昂請客，讓她破費了。我只能說我是她的酒肉朋友！

讀者千萬不要以為我和李昂相聚只會吃喝，其實每次我們見面都會談到不少有關臺灣社會文化的現象。我不在臺灣住，在美國要收到臺灣的訊息並不難，只是都是從媒體來的，不是《紐約時報》就是臺灣的幾個電子報，總覺得好像隔了一層。當然每次看到《紐約時報》對臺灣的讚美，就好像是自己家人得到表揚一樣很得意。我還是比較喜歡和臺灣的朋友聊天，聽取他們的看法，可以得到與西方媒體或臺灣政府不同的印象。這一晚，李昂也提起她最近剛完成的小說，是「北港香爐人人插」的男性版，希望她不要因此又被攻擊，不過即使有人批評，按李昂的個性，她也不會畏懼的，寫了就不怕罵，怕罵就不要寫。這可以說是她創作生涯的最佳寫照。

翻譯引發的異議

一九八〇年代的臺灣經濟奇蹟舉世矚目，雖然現在回顧起來，在一九九〇年代就已經開始衰退，但是基本上臺灣的文藝界也託了點福，沾了點光。蔣經國國際學術交流基金會撥了一筆錢，委託當時還在哥倫比亞大學任教的王德威教授主持臺灣文學翻譯計畫（其實只是小說，包括長篇和短篇集子），交由哥大出版社出版發行。我翻譯或合譯的王禎和的《玫瑰玫瑰我愛你》和朱天文的《荒人手記》，就是在這樣的情況下出版的。

翻譯這兩部作品真讓我體會到為何說翻譯是吃力不討好的工作，不但作者，評論者，甚至於讀者有時會對翻譯不滿，連選作品也容易挨罵。有人問我臺灣文學有那麼多優越的作品，為什麼偏偏要選這兩個「不三不四」的小說，這會讓英文讀者誤以為臺灣人只會寫這樣的東西！其實這兩部作品不同的風格、題材和議題，以及卓越的寫作技巧，是很值得向國外推薦的。只是罵我的人對文學的看法太過於狹隘，過於「愛國」，完全是道德掛帥，我想這可能是早期的反共文學殘留下來的影響吧。一九五〇到六〇年代，反共文學總要求作家要以國家興亡為己任，文學要為國家前途服務，作家是不能自私的寫自己想寫的東西，更不可以寫有害國家形象或揭露社會問題的作品。

王禎和我好像只有一面之交，是在很多人聚會的場合，無法跟他多談。他跟黃春明一樣被看成「鄉土」作家，寫了一些主要以鄉村為背景的小說，以窮困的老百姓為小說人物，間接批評臺灣社會若干不平等的現象。他白天在電視臺工作，兼職寫小說。很不幸在一九九〇年得了喉癌去世，才五十歲。當年不少人無法接受王禎和的《玫瑰玫瑰我愛你》，他以嘻笑怒罵的反諷方式寫作，態度一點都不認真，什麼都可以拿來開玩笑，一個高中的英文老師成天放屁放個不停，連名字（董斯文）都是個笑話，酒吧女成為小說主角，等等，都冒犯了文學神經脆弱的人。另外，小說諷刺花蓮幾個妓院老闆如何為了賺美金而顏面全不顧，即是在影射臺灣崇洋媚「美」的態度。這其實不是臺灣作家第一次寫到當年臺灣政治、經濟、甚至國家存亡完全仰賴美國的現象；陳映真的幾個短篇小說已有極為負面的描述。而其他，如黃春明的〈蘋果的滋味〉則從一個工人的角度切入，其中也不乏幽默風趣的片段；而王禎和的作品則是把這個題材發揮的淋漓盡致。王的諷刺手法以一種極為誇張的方式表達，讓人不會覺得那麼尖銳，不像陳映真那種寫實手法呈現得那麼直接，大肆鞭韃反而容易讓人反感。一般來說，寫實的小說不難寫，只要用人物和故事把問題呈現出來就可以（當然寫得成功與否還得看功力高深）；相對的，諷刺小說要寫得好不容易，中國古今文學史上能寫諷刺小說者寥寥無幾。諷刺文學的一大要素是誇張，但誇張也要恰到好處，過與不及都無法達到目的。

王禎和可以說是臺灣寫諷刺小說寫得最好的作家。另外，王的寫作也有諸多創新，總而言之，這絕對是臺灣現代文學史上一部非常重要的小說。當然，在國家政策全面跟著美國走的情況下，批評美國難免會引起某些人的不安，這不就等於批判臺灣外交政策嗎？而我這個作翻譯的，還要把它翻譯成英文給美國讀者看，是不是有點匪夷所思？很可惜的是，《玫瑰玫瑰我愛你》的英文版發行量不夠大。這個小說使用了國語、臺語、客家話、原住民語、日語和英語，以及圖畫意象，對翻譯是一大挑戰，我花了不少時間推敲，在翻譯過程中得到許多樂趣。有一些地方只有原文有意思，翻成英文就原味盡失，比方說，「Nation to nation; people to people.」被王風趣地翻譯成

「內心對內心，屁股對屁股」，用來形容吧女招待美國大兵也是一種外交，真是神來之筆，臺灣讀者看了會哈哈大笑，可惜這無法傳達給英文讀者。

我翻譯過的小說中有好幾本得了獎：一個諾貝爾文學獎（莫言），一個 Newman Prize for Chinese Literature（紐曼華語文學獎，莫言），三個 Man Asia Prize（曼氏亞洲文學獎，姜戎、蘇童、畢飛宇——後者與林麗君合譯），但是讓我最高興甚至得意的，則是我們合譯的《荒人手記》獲得了ALTA（美國文學翻譯協會）的一九九九年度最佳翻譯獎。因為那是一本公認十分具有挑戰性的小說，更重要的是，這一個翻譯獎，評審都是翻譯家，過程有兩關，授獎的重點是翻譯水準。其他的都是文學獎，重點在於小說寫得好不好，不過評審得透過我（們）的翻譯來閱讀，因此某部作品得獎也取決於翻譯是否貼切，是否成功地把原著呈現出來，所以得獎我（們）也「有份」。

剛開始是王德威和我聯絡，希望我來翻譯《荒人手記》，「據說」原文不太好翻，我那時還沒有看過那本小說，看了以後覺得很特別，因此就接了下來。開始翻譯以後，才知道王德威並沒有「騙」我，的確是不容易。幸好我有一個合譯，兩個人花了很長的時間，絞盡腦汁才完成。在翻譯過程中，常常需要向作者詢問，那段時間，我們家裡的傳真機幾乎每天都在響；當時傳真已經算是很進步的了，沒有傳真機以前只能用手寫信，國際郵件往返要十天到兩個星期左右。天文非常認真盡職，可以說是做翻譯的人最喜歡的那種作家；其實我翻譯過的臺灣作家，幾乎每一個都非常樂意配合，只要有問題一定馬上回覆。傳真過去，短則半天，長則一、兩天，一定有問必答。常常早上傳過去，晚上要睡覺時，即臺灣的白天，就應該有答案了。翻譯完成後，那一大疊傳真稿，用手掂掂，大概有一斤重。

再後來，機緣湊巧，天文到美國來，也許是來參加哥倫比亞大學的一個什麼會議，我們就邀請她到我當時任教的科羅拉多大學演講，為了省錢，就請她委屈一下住我們家。天文是臺灣作家唯一在我們家住過的，大陸作家則有莫言、阿來、賈平凹、張辛欣等人住過。那時正是冬天，老天爺非常配合的下了一場滿大的雪，早上起來時院子已經蓋滿白白的雪。要出門時，雪還在飄著，我們給她照了一張相（有照為證），聽她說是生平第一次看到雪花飄，我也很高興她有機會見識一下雪景。對這裡的人來說，每年第一場雪總是令人特別興奮，再繼續下下去，就煩不勝煩了，所以得從外地人雀躍萬分的反應重新欣賞雪的美麗。天文在科羅拉多的那幾天，我們開車帶她到城南落磯山山腰的國家大氣研究中心去，當然不是因為我們對大氣研究有興趣，而是去看中心的大樓，是由華裔建築師貝聿明設計的，十分有特色很值得一看。由於不願讓人造的建築破壞自然景觀，特別採用符合當地山景的顏色和型式，很巧妙的把建築「藏」起來。

翻譯《荒人手記》受到的批評，讀者可想而知是為什麼。當時同性戀還沒有被廣泛接受，某些衛道人士總認為這是臺灣社會的一個汙點，在臺灣大家知道就好，沒有必要到國外去宣揚，這也是一個「國家面子」作祟的現象，我到中國去也常常碰到。有一次，到香港中文大學去演講，講完，聽眾發問，第一個問題就是中國作家如莫言、蘇童等人描述一個貧窮落後的、黑暗的、甚至殘忍的社會，這不是在破壞中國的國際形象嗎？我當時的回答是，文學不應該只呈現美好的一面，而讀者如果只想看好的、正面的，那狄更斯或杜思妥也夫斯基的作品就沒有任何意義了。老實說，我可以理解但無法接受中國或臺灣的讀者這種凡事都要扯上國家面子的態度。狄更斯或杜思妥也夫斯基的小說歷久彌新，他們去世一、兩百多年後的今天大家還看他們的小說，我想沒有人會說他們破壞英國或俄國的國家形象吧。而《荒人手記》如何破壞臺灣的國際形象，我還真的無法理解。英文翻譯出版以後在美國收到的都是好評，《紐約時報》刊的書評不但表揚該書，甚至還說同性戀和愛滋病的最新代言人來自臺灣，這應該是給臺灣很大的面子，不是嗎？

奇怪的是，當年我翻譯白先勇的《孽子》卻沒有任何人提出異議，是因為白在臺灣文學界一直享有崇高的地位還是因為白的家世背景？我不得而知。說到《孽子》，我不得不提一下翻譯過程。這本小說有白先勇一貫的寫作特點，文字老練，人物鮮活，讀起來非常順暢。我個人認為，白先勇是華文世界難得的一個才子，家學淵源因此有中國傳統文學作底子，後來又借鏡於西洋文學，他的語言自然不造作但又傳神，無需借助陳腔濫調的成語，翻譯起來覺得很順手，整個過程相當有樂趣。最有意思的是，小說裡的一些同性戀圈子的用語，我知道一定得翻譯成最恰當貼切而也通行的英文，當時又沒有網路可以查詢，想來想去，只好去問作者，先勇說他也不清楚。要是我沒記錯的話，我們最後是決定去舊金山的一個同性戀酒吧，和同志們聊天，他們都非常樂意協助，所以我和先勇兩人就把小說裡的中文說法用英文解釋給他們聽，他們幫我們想出最合適的英文對等詞。

後來小說翻譯出版後，書評也非常好，唯一讓我覺得「遺憾」的是出版社，Gay Sunshine Press，專門出版同性戀色情文學，我不是說色情文學有什麼問題，只是《孽子》探討的不僅是同性戀的性生活，甚至是超乎同性戀的範疇，是一部關於「人」的小說，應該有更多的讀者，而不該僅僅限於同志圈內。現在已經記不得為什麼會由這家出版社出版，可能是因為那時美國的各大出版社都不願意出版一部來自臺灣的有關男同志的作品吧。Gay Sunshine Press 一九八九年版的封面用的是一個年輕亞洲男孩的照片，上身裸體，露出結實的胸肌和手臂，封面還寫著 The First Modern Asian Gay Novel，要吸引同志的用意十分明顯，實在是太委屈白先勇這本小說了。

未退休以前研究、教授文學，作翻譯，也寫文章介紹臺灣作家，因此有機會認識許多評論家、教授和詩人。詩人方面有杜十三和林耀德等人，其實他們兩人我只見過一次，但可以說是難忘的經驗。某一次到臺北，碰巧在福華大飯店有一個聚會，就在那裡認識杜和林的。聚會結束後，他們倆意猶未盡，就提議去酒吧坐坐。自從海軍退伍後，我好像再也沒有逛過酒吧，可以說是鄉巴佬了，跟著去看熱鬧。忘了我們都談些什麼，也記不得那個酒吧叫什麼名字，不過客人幾乎都是西方人（大部分是美國人），還有一個西方年輕人組成的搖滾樂團，那晚表演的一首歌是槍與玫瑰（Guns and Roses）的〈天堂城市〉（Paradise City），我從來沒有聽過這個樂團（年紀稍

澳門新葡京飯店頂樓的天巢餐廳，是侯布雄手下的米其林名店，當晚侯布雄也在，李昂和他聊各地頂級餐廳。這次經驗終生難忘，大概只有諾貝爾獎晚宴可相比。此張照片左起為我、林麗君、侯布雄和李昂。

朱天文在科羅拉多州房子後院，攝於一九九九年。

（左起）曹禺、我、白先勇。

大，聽重金屬搖滾好像有點可笑），但是很喜歡這首歌，回美國以後還特地去買了他們的錄音帶，到現在我還聽這個樂團的音樂。現在回想起來，那可算是一次很特別的經驗，一個美國人跑到臺灣，去逛許多美國人喜歡聚集的酒吧，不是有點奇怪？好像中國人到紐約得去逛中國城，一個受到西方影響不再道地的中國，可是他們也愛去，除了好奇以外還有別的什麼原因嗎？當然我去酒吧純粹是跟著杜十三和林耀德走，如果他們帶我去一個臺灣人聚集的酒吧，那晚的經驗就完全不一樣了，而我或許就不會曉得有「槍與玫瑰」這樣的樂團。

林耀德很年輕就因病去世，可說是英才早逝，實在是臺灣文藝界的一大損失。他不但以擅長寫詩出名，小說也寫得很好。我對他的《一九四七高砂百合》一直很感興趣，總希望哪一天可以翻譯出版。二十世紀末期有人研究他的作品，現在好像被臺灣讀者、學者遺忘了，實在可惜。

有些只交了一段時間的朋友（後來失去聯繫，不可能是鬧翻了），對我發生的影響很久以後才顯現出來。比方說，我在某個記不清的場合見到袁瓊瓊和她當時的丈夫管管，之後開始看她的作品，實在太喜歡她的一些極短篇，後來就徵求她的許可翻譯了幾篇，我到現在還是認為她是華文作家中極短篇寫得最好的。我記得當時她給某個報紙寫連載小說，她說過她的寫作習慣：晚上開始寫隔天早上要登的，寫到半夜寫完了，報社派人來取，日復一日，夜夜如此。袁瓊瓊的作品中我翻譯了一篇〈掏耳朵〉在美國的一個雜誌上發表了，後來那個雜誌推薦參加一個非常有名的極短篇小說獎——可惜我沒得獎！幾十年後的現在，我自己也開始試寫極短篇，寫得恐怕沒袁瓊瓊好，但小說的觀念是從她的作品得來的。已經很多年沒再見到她了，可是我對她和她的作品依舊印象深刻。

沒翻譯新的臺灣小說已經有八、九年，不是看不起近幾年來的作品，而是如前所言，在英美國家出版臺灣文學太難了，而且一些在臺灣被讚為上乘之作的小說，除了政治因素外，有的也太過於局限於臺灣的人、事或物，而無法得到世界其他地方的讀者的青睞。中國大陸最近幾年一直在討論中國文學如何走出去，以我看來，臺灣文學要走出去，就必須有超越國界的作品，非常冀望有朝一日臺灣有類似《百年孤獨》之類既本土又國際的小說，我耐心地等著。最近似乎有所轉變，二〇一四年年底，我收到一封電郵，是 Grove Press 的資深編輯發來，她說她剛買下一本臺灣小說的英文版權，問我有沒有興趣翻譯。我簡直喜出望外，以前曾與這個編輯合編出版一本中國短篇小說集，當時合作愉快，很高興她還記得我，更高興有機會再度翻譯臺灣文學。

後語

在回顧我的臺灣情過程中，我彷彿又回到年輕時，把過去重新再過一次。我常跟人說美國海軍挽救了我一生（「The Navy saved my life.」），但說得精確一些，其實是臺灣救了我，在我的成長和工作上扮演關鍵性的角色。有時我看看和我年紀差不多一起上高中、大學的朋友，那些功課比我好很多，而且也比我用功多了的人，他們大學畢業以後都做了什麼？「成就」最高的是中、小學高層行政人員（副校長之類的），某公司中階層主管等等，經濟情況應該也不錯，現在一定退休了，或是搬到佛羅里達去養老，或是住在兒女附近含飴弄孫，想必過著十分舒適的生活。我總認為我的人生比他們要更豐富，更多彩多姿，我去過的地方一定比他們多，認識的人也比較多樣。這不是人比人氣死人，也不是自我陶醉，只是覺得自己很幸運。老實說，有過那麼多不同的人生經驗以後，讓我去過他們那樣的美國標準的中產階級生活，我還有點害怕呢。不要說別的，就拿退休生活來說吧，他們不就是抱抱孫子，打打高爾夫球，一年到國外旅行一、兩次。當然，如果我沒有臺灣經驗，就不會這麼想啦，說不定還非常嚮往他們的生活呢。

如果當年沒有到臺灣，我敢說自己絕對不會想到要去學國語，也就不可能去拿中文博士學位，發表論文，辦學術刊物，做翻譯，當然也不會認識那麼多臺灣朋友。

寫這個算是半個回憶錄的時候，腦海裡充滿著太多影像和感情——有人，有地，有事，有好有壞，有的讓我忍不住笑出來，有的讓我差一點掉眼淚，有的讓我感到得意，有的讓我覺得遺憾，但是「假的」完全沒有。我所寫的全是真的，偶爾一些細節因為記性受到時間和年齡的影響會有點出入，日子會差個一年或幾個月，我想沒有關係吧。本書所寫的是我這幾十年所經歷的事，所想的一些道理，所認識的人，也描繪我對可愛的臺灣（大員）Formosa 的深厚的感情。

【附錄一】街坊公園

離我家約五、六條街，有片綠地，就是所謂「街坊公園」。我不知道它的正式名稱，也不明瞭它的歷史意義，但我管它叫「我的避難所」。

我經常為了排遣鬱悶才去那兒的，可惜並非天天都有時間去。每次，我總得先準備一些小吃食，同時換上便服，再抱著我的小孩一塊去。

在路上，我的步子走得很急，心裡也很高興，儘管沿途那些整齊的樓房會產生一種冷漠的氣氛，可是並不足以影響我的情緒。我抱著孩子鑽出幾條狹小的街道，這塊綠地便會突然出現在我的眼前，非常引人入勝。這時候，我孩子的眼睛也會突然亮起來，我的腳步也會不自覺地加速起來。

等到將要下坡進入公園，高丘上可以看到四周的風景，北邊有幾所斑駁帶深灰色的三層樓房，前面一堵四尺高的牆壁，上面貼了許多標語廣告，這是本區的高中學校。東邊有好幾座禮拜堂，基督教的、天主教的、還有一座回教的，我走過這裡，心裡便會這樣想：「真巧，別人的避難所與我的竟在一塊兒！」因為我上街坊公園的心情，是和許多人上禮拜堂一個樣兒的。

西南方全是大大小小、五顏六色、參差不齊的公寓。西邊靠近一條馬路，有電車的軌道通過。遠處一排一排的摩天大樓，包圍這座公園。間隙中可看到幾座起伏的小山，山上也全蓋滿了房子。仰望四周，一片烏煙瘴氣罩著這城市的上空。

愈走近公園，小孩愈感覺興奮不住地在我臂彎裡扭動，似乎想自己一個人蹦跳到地上來。當我們進入這座又幽靜、有時也會很熱鬧的街坊公園，首先迎接我們的是那個默默不動的老翁銅像，這位老英雄是誰？恐怕沒有人知道了，以前安置在他腳下的碑記早給磨平了。現在只常見一些鳥雀不時來陪伴他。

我們繼續往兒童遊樂區走去，得先經過幾條草木茂盛的小徑，我說草木茂盛是絕對不錯的，因為兩邊全是綠油油的樹木，有向天伸展枝梢的橡樹，有彎腰摸著草地的垂柳，有枝椏特多而樹葉極少的榆樹，有頭重腳輕的洋松，高大的喬木，矮小的灌叢，各種都有。一路樹蔭掩護著小徑，密得陽光都照不進來。這裡本來應該有些花，但除了一些野生的而外，沒有什麼花可言。大概早給鄰居們採去作他們家裡的瓶供了。

你會突然聽到一陣汪汪的犬吠，跟著就只見三三兩兩前後追逐的狗跑著吠著。這些長毛朋友是這公園裡表現得最興奮的來客，純種的、雜種的、脾氣凶猛的獵狗、軟綿綿的小玩意兒狗，各種各樣都混在一起，鬧哄哄的，牠們似乎十分快活——這裡實在是牠們的天堂。

隨後，我們會自然地追尋另一種喧鬧的聲音，到有著「沙池」的兒童遊戲場去，你會看見一大群天真爛漫的孩子們，非常開心地在那兒玩耍。他們的想像力非常豐富，本來不過四、五種遊戲設備，但他們可以變化出許多花樣來玩。比方盪鞦韆，坐著可以，站著也可以，他們偏要躺著玩，似乎那又別是一種快樂。又比方玩滑梯，坐著滑下來，再像山羊一般爬上去，然後從頂端跳到沙池裡，使無數的細沙飄飛到旁人的身上。還有一架蹺蹺板，也是孩子們可以變化許多種用法，而為他們喜歡的娛樂工具。

關於鞦韆，這裡有三種不同的樣式，有一種吊著一只籃子，是給幼兒玩的，最單純；還有一種吊著椅子及另一種光是一塊木板的，六到八歲的孩子們可以玩，六、七十歲的老人也有極高的興致去玩。老人們通常很有耐心，等上了一個空位子，便走過去正經地坐著，開始腳不離地的搖擺，他們會自然地發出笑來，久被壓抑的天然感情，這一搖盪，又恢復了孩提時的天真快樂。這可證明孟子說的「大人不失赤子之心」的話。

我抱著孩子望著這些老人們高興地搖擺，不由得眼睛睜得更大些。據我觀察，木椅上另外還有幾位孤單落寞的白髮老人，只是安靜而無神采地呆坐著，似是在回憶他們的過去。只有帶著孫兒們來玩的老祖父或老祖母們，他們臉上才呈現希望喜悅的笑容。

另一個角落，經常有一幫年輕人，頭髮蓄得長長的，他們彈吉他、打鼓，並且無憂無慮地跳舞或唱歌。

大概是六點鐘的樣子，附近的教堂，一致響起美妙的鐘聲，一面通知大家工作可以結束了，一面也是提醒主婦們該趕緊預備晚餐。幾乎是一成不變的，這時有一部擁擠著乘客的電車叮噹而過，車上的人們都注意到我們這群閒人，眼神和表情相當古怪，不知是屬於不屑呢，還是表示羨慕。

夜幕低垂，遊人漸散，只有我抱著孩子還在依依地躑躅，當然，還有好幾對踏著慢步卻不理會風景的情人，一時，這座熱鬧的「街坊公園」頓時變成「情人樂園」了。我與孩子不能不轉身和銅像老翁告別。

回家的路上，我很愉快，不僅是因為我已有了片刻消遣，而是我知道這座「街坊公園」，當我們需要它的時候，它會隨時歡迎我們的。

脫稿於舊金山

【附錄二】

悼孫陵——《文壇交遊錄》末一章

友誼究竟是靠什麼的？這問題不是一般人通常所考慮的，朋友間的交情是無言可表達出來的。一旦你的朋友不幸離開人間，兩個人之間的感情如何開始，如何維持，如何深化，這些念頭就盤旋在腦海中。

我昨天到辦公室取信的時候，拿到一大堆《聯合報》的海外版，回家後因懶得看，就擺在桌上不管，不知為什麼，不到半小時後，便又拿起來看看有沒有什麼好文章，有沒有什麼文壇上的消息，打開六月八日《聯合副刊》，看見老作家孫陵先生的照片，我一個字都不必看，便知道我又失去了一個大約四年沒見面，三年多沒通過信，但往往憶念的朋友。再一看，便見到「遺作」兩字，心裡就沉悶下去；所刊的是他好幾年前寫有巴金的《懷念蕭珊》讀後感，我曾拜讀過此文，是作者剛寫完了給我看的稿子。

接著，我不由自主地回想到我與孫陵之如何相識，如何成朋友。他在我的書房裡的影子不少；不但書架上放著他的若干書（長篇小說《大風雪》、《莽原》、《覺醒的人》，短篇集《孫陵自選集》、《女詩人》以及《孫陵詩集》、《浮世小品》、《杜甫思想研究》等著作），牆上掛著他過去送我的兩幅字畫，連我每天用的大理石做的香菸罐和菸灰缸也是孫陵送我的。不過，這些身外之物還是次要的，一個人所留下的痕跡主要仍是在親友的心上。

十年前，我正寫有關東北女作家蕭紅的論文時，在資料（孫陵著《文壇交遊錄》，一本回憶三〇年代的幾位作家的書）中發現幾篇有關東北作家的短文，才知道蕭紅生前的友人中仍有一位可以去訪問。我因為得到機會到日本去用一年的時間將論文寫完，就打算順便往臺灣去一趟，多找一點資料；從孫先生的文章裡知道他於三〇年與蕭紅、蕭軍的來往很多，他所知道的事肯定對我的研究相當重要。我從日本先發一封信給他，把我的情況略略說清楚，問他是否願意接受我的訪問，他於是在一九七三年七月二日回我信表示歡迎。結果，我在一九七三年的聖誕節前後，從日本前往臺灣，不幾日後孫陵的一位朋友跟我約好時間，便陪我去見孫陵先生，地點是今日百貨公司樓上的飯館裡。我們一上樓，就聽到了：「來了！很好呀！」啊，那就是四十年前做過蕭紅朋友的孫陵！大家叫了酒後（孫先生似乎已喝過一、兩杯），孫先生便向我說：「您從美國、日本寄給我的信我都收到了，寫得真好，只有一個錯字，避免的免字沒有一點，加一點便是兔子，這個小動物。」他的口氣使我感到他這樣說的意思是看我有何反應，我順口就說：「孫先生，這說不定跟我屬兔有關係吧，反正這樣的錯誤，對我們外國人來說，總是『兔』不了的！」緊接著一場哄堂的笑聲。從那時起，孫陵和我一直都很談得來。他當天告訴我的事情很多，有問必有其答。除了東北作家群以外，他也談了很多其他作家，像巴金、郭沫若、王統照等的事情。他很健談，知道的往事也很多，我的收獲因之很大。

大約一、兩個禮拜以後，有機會到孫先生府上拜訪他們夫婦兩位，一共談了幾個小時。孫先生家沙發背後牆上掛著三幅早已變黃的字畫，都是幾十年前著名書畫家于右任為孫先生出的刊物練著題的字（刊物的名字是《火炬》）。過幾日，我臨離開臺灣回日本之時孫先生的朋友送我到機場，拿出兩幅已經裱好的字畫：一幅是孫先生自己為我寫的古詩（裱好後有五尺寬，六尺高）；第二幅是于右老三幅「火炬」之一，下面加上孫先生自己寫的說明：

這是我在一九五三年創辦雜誌，于右任先生為我所題的原跡，試寫三張共二十餘個，現在以其中一幅送給為我的小友蕭紅女士寫傳的美麗堅合眾國研究現代中國文學的葛浩文先生，內心感激與感慨，豈文字可以傳述，即請浩文先生雅正。

孫陵一九七四、一、十八

此後，我和孫先生偶通信，我在日本的京都大學圖書館藏有的舊刊物上發現孫先生的文章，便複印寄給他。直至一九七九年夏期，我又到臺灣度假，有一晚《聯副》主編請我們幾個朋友一塊兒吃飯，因為巴金的《懷念蕭珊》剛在臺轉載，我們自然而然地談起孫陵先生，接著便決定一夥兒去看他，問他對巴金的文章有何感想。雖然夜已經不早，不過孫陵的另一朋友說：「沒關係，他一定很歡迎我們！」這時孫先生已搬了家，新居不如五年前的舊居。他太太先接待我們，說孫先生已經睡了，我們再三叫她不用打擾他，可是她叫我們放心，說他一定很高興與我們聊聊，說他的老朋友近來不多見，這次很難得。果然他過了幾分鐘，穿好衣服以後，就出來跟我們打招呼。談起巴金的文章，先生說他恰好剛寫完了一篇讀後感，可惜一直未在報上發表。更可惜的是，那是我和孫陵最後一次見面。

孫陵在〈灰燼之歌——讀〈懷念蕭珊〉致巴金〉一文中，有如下的幾句話：「我生性桀驁，不懂生活，所以家無餘貲；我不會做人，得罪朋友也不少。」聽說他得罪的人實在不少，往往不得一些人之心。他在三、四〇年代的文壇上是相當有聲望、有成就的人，但恐怕因為他幾十年前的知己朋友都留在大陸，他因此在臺灣很多事情不大順利。其結果之一是比較年輕的讀者對他的文章生涯知道得太少，二十世紀前十年的文藝歷史，特別是抗戰時期，現在也幾乎成為「遺史」。我建議想彌補這不良情況的年輕讀者去找一本孫陵著歷史性的諷刺小說《覺醒的人》一讀，或許會對這位老文人獲得很寶貴的認識，免得只讓他仍在大陸和海外的朋友悼念他。

原刊《聯合報》一九八三年七月三日

【附錄三】

小說柏楊

一、前言

作家，詩人，社會評論家，翻譯家，歷史學者，人權鬥士柏楊很可能是臺灣目前唯一真正的文化國際名人；當然還有如白先勇、林懷民、廖修平、黃春明和林昭亮等在某些圈子裡確實具有名氣的人，但不一定為世界人所知悉。只有柏楊在不同的領域都享有盛名。柏楊的作品已譯成許多語言；他的若干個人遭遇在亞、歐、美洲各國報刊上也有所報導；他是臺灣白色恐怖的典型受害者之一；而他的《醜陋的中國人》，雖然不是每個讀者都能欣賞或認同，但無疑是一部影響深廣，具有相當爭論性的文化批評書。光是臺灣，中國大陸解嚴後／文革後時代不知道柏楊這個名字的人並不多。

而郭衣洞這個名字則恐怕只有少數人見過。此人的作品亦被譯成外文，但海內外讀者絕不可能太多；我所參考過的臺灣或中國現代文學史，未曾發現過。連中文的臺灣文學史也很少提到他。

那麼，郭衣洞到底是誰呢？當然就是所謂的「小說」柏楊，一個相當多產的作家。他的著作包括一個長篇（《曠野》一九六一年），一個中篇（《莎羅冷》一九六二年），以及四本短篇小說集（《凶手》一九五八年、《掙扎》一九五九年、《怒航》一九六四年和《祕密》一九六五年），都是一九五〇、六〇年代發表的書（除此而外，還有五本本人尚未看過，即《夜劫》、《宙斯》、《紅蘋果》、《燈火》及《童年》）。這些小說集，有的一共出了好幾版，但基本上到一九七〇年代末、一九八〇年初為止就沒太多人看了。

就如五四前後的著名作家，社會批評家，翻譯家魯迅一樣，柏楊的文藝道路由小說起源，而後換成另一種更為尖銳的文學類型，也就是魯迅所擅長的雜文。這不但使得換名為柏楊的郭衣洞真正成名，也是導致他後來得罪官方，結果被抓、軍法審判、死刑起訴、被判有期徒刑十二年、開除國民黨籍（他曾是中國青年反共救國團的重要人物之一），一共在國民黨的監獄（多半在綠島），坐了九年，一九七七年四月一日才出獄。

柏楊的文藝道路與魯迅雷同。而魯迅的「文藝道路」到底是什麼?不妨先看看魯迅從事文學的動機原因：

> 我便覺得醫學並非一件要緊事，凡是愚弱的國民，即使體格如何健全，如何茁壯，也只能做毫無意義的示眾的材料和看客，病死多少是不必以為不幸的。所以我們的第一要著，是在改變他們的精神，而善於改變精神的是，我那時以為當然要推文藝，於是想提倡文藝運動了。
>
> （《吶喊．自序》）

可見魯迅之所以提起文學的筆桿是有其說教的目的。因此他於一九〇九年從日本返國後，便開始寫小說。他所寫僅僅有限的二十幾篇小說，比他的十幾本雜文壽命長得多了；這或許是因為中間時間隔得太久，中國情況變化太多的緣故。而柏楊的情況恰恰相反，雜文比小說長命，而他之所以提起小說的筆桿的動機更踏實，更實際：

> 我寫小說是十分偶然的，我來臺灣後一直教書。大概是一九五一年，有一天，在報上看到中華文藝獎金委員會徵稿啟事，就提心吊膽的寫了一篇寄去，結

果錄取了……我開始編織美夢，認為我如果繼續不斷地寫下去，我可能藉著文字，吐露我內心的積鬱共鳴。那是一項不自量力的抱怨，卻沒有想到我會因此一念之間，竟被寫作所主宰。

（郭衣洞〈關於《郭衣洞小說全集》〉）

郭衣洞之後也像魯迅一樣改寫社會與文化評論，但本文主要談他的小說，在此略過雜文。

郭衣洞開始寫小說的時代背景非常獨特，非常重要，非常複雜，因為當時的文藝活動既混亂又單薄。在一九七七年，《郭衣洞小說全集》出版時，他曾寫過：

五十年代和六十年代，十六七間，文藝市場狹窄，一則是臺灣剛剛脫離日本的統治，人們閱讀中國語文的能力很低，更不能普遍。二則是承受著大亂之後，經濟蕭條，人們沒有多餘的錢購買書刊。一本小說如果能賣一千本，就轟轟烈烈，使人妒火中燒了。因此，當時的臺灣，曾被海內外形容為文化沙漠。

（郭衣洞〈關於《郭衣洞小說全集》〉）

國民黨政府於一九四九年敗退至臺灣後，也就是臺灣一九四七年「二二八事件」發生後不久，而其所引致的白色恐怖就要開始的那時候，最普遍的口號是「反攻大陸，收復失土」文學著作大多數是大陸來的難民所寫。這些作品幾乎離不開「反共的題材」。陳紀瀅的長篇《荻村傳》和姜貴的兩個長篇《旋風》及《重陽》，以及「軍旅作家」朱西甯、司馬中原、段彩華等人的作品，便受到官方有來往的臺灣報刊編輯、書商和廣泛的外省讀者所歡迎。

上面已經說過，這篇論文所研討的範圍限於郭衣洞早期的短篇小說，即《凶手》及《掙扎》，兩部最早出版之集子裡所收的幾個短篇。這兩個集子不但是作者到臺灣後的第一個十年內寫的，而且共同的焦點幾乎也不外是窮苦對人生所發生之巨大影響、道義與生存的衝突、及愛情的悲劇。另外，與其他當時自大陸逃到臺灣的作家不同之處——除了像鍾理和的《笠山農場》（一九五五年）以外——一九五〇、六〇年代大多數的小說故事背景都設於中國大陸，一個已失去的故鄉。與懷舊作家的作品不同的是，郭衣洞小說的背景反而是臺灣本地，不過地方本身並不扮演什麼重要角色。這一點與魯迅也不一樣。魯鎮便是魯迅以浙江紹興的老家為範本，他對當地的風俗習慣、歷史、居民的描述等極為深刻。而臺灣這地方對郭衣洞要算是陌生之地；人與地之關係引不起讀者的關注。儘管如此，兩位作家的使命感是相當接近的。看看張香華的評論：

他（柏楊）對魯迅的小說之所以那麼喜歡，因為他和魯迅一樣，出發點是對社會，對人的關懷；對中國人的可憐，可憫，厭惡——恨鐵不成鋼。那種心情，我相信他們兩人很相像。反映當時的時代之外，還能把人性的黑暗面挖掘出來。

（聶華苓編《柏楊小說選》）

郭衣洞小說裡的人物基本上包括三種人：退伍軍人、小公務員，及知識分子，特別是在大陸讀過大學，來到臺灣後在大學或中學教書的人，基本上也都是走投無路，非常窮困的人。同樣苦命的臺灣本地人在這些小說裡很少出現。他的人物都是日子過得不順的小市民；經濟上，精神上，甚至於愛情上，無一是愉快的，且災難連連。作者對於小說裡的人物，除了憐憫外亦往往帶著譴責的口味。在這一點詩人張香華的結論值得參考：

對貧窮人的愛，變成憐憫；對知識分子的愛，就變成一種無奈——你讀了那麼多書，有什麼用嘛！你除了堅守你那些死的信仰，你對人對己，都不能發揮出一點點光和熱。結果你自己整個萎縮，整個消滅。有什麼意義呢？他就感覺痛惜，感覺到一種無奈。

（聶華苓編《柏楊小說選》）

郭衣洞曾經說過：「我是藉故事提出我的困惑——『如何是好』的困惑。」我們現在看看郭氏幾篇有代表性的小說，看他怎麼表現這「如何是好」的困惑吧。

二、小說

小說集《掙扎》裡的第一個故事，〈兀鷹〉是作者早期相當具有代表性的作品，也是特別值得注意的一篇。上面已經說過，郭衣洞一九五〇、六〇年代的著作跟同時最風行的反共小說不一樣，沒什麼顯明的政治意味。也就是說，他的小說雖然揭露一些嚴重的社會問題，如知識分子之不受重視，貧窮對愛情的不良影響，生存與道義的矛盾，移民突然失去熟悉的情感支柱等等，但是既不顯示反共親國的意味，更看不出任何對於當前的政治情況之不滿。而〈兀鷹〉或許是一個例外。該小說的背景是「一所萬山叢中……距最近高山族的村子也有三華里。」主人翁是個在此偏僻地方已經過了有十年單獨日子的鄉下國民學校的老師（他被「流放」到這麼偏遠的地方的原因不十分清楚），而敘述者是這十年中的第一個來看他的客人。主人翁除了講述一次失戀的「悲劇」，讓他感到「真正的戀愛往往是痛苦的」以外，小說主要講的是一些有關山上的一群兀鷹突然來打破他麻木不仁的生活秩序的怪事。它們這些可怕、有著「沒有羽毛的赤裸著的長頸，跟血肉糊模的大火中的屍體一樣」的大鳥發出「像冤鬼慘厲的哀號……跟用鐵片刮鐵鍋時發出的噪音一樣」來嚇唬兩位朋友。

中文有一句寓言：「苛政猛於虎」。我們要是想從該篇小說中得到什麼「啟示」的話，這句話或許是恰到好處的。故事裡的兀鷹之凶猛是無可否認的：「一個巨大的像黑越越的怪物一樣的東西……俯衝著撲向屋後的草地，再飛箭般的沖天升起，我看見牠巨爪中抓著一只雛雞。」這固然是一件普通的事情，但在一篇名為〈兀鷹〉而沒有其他事情發生的小說，其象徵性恐怕無法忽略。而且，格外奇怪的是，兩只凶猛兀鷹抓走了雛雞後，居然又把兩只雛雞（一死一活）帶回來放在早已死去的母雞屍體旁邊！這絕非是正常的兀鷹之舉動，而似乎是一種殺雞儆猴的比喻。若是的話，那麼〈兀鷹〉便為當時絕對少見的對臺灣而非大陸政情的間接批評。小說的主人翁自己也承認：「凡是有權可以傷害人類尊嚴的人，都正在努力的去傷害，我們逃不脫。」這「有權」的人是誰呢？讀者大概可想而知吧。更有意思的是這句話對郭衣洞本人也具有相當預言的色彩。因為約有十年以後，臺灣的兀鷹也向著他而飛來，他的確逃不脫，像只可憐的小雞被抓，帶回綠島的巢裡去，九年後才把他送回來。

懷鄉病是一九五〇年代末、一九六〇年代小說很重要的題材。只要看過白先勇的〈遊園驚夢〉就知道小說的背景絕不是臺灣，而是人物腦海中，已失去的，或真實或想像的大陸故鄉。這一點在郭衣洞的作品裡很少看到。他的人物太踏實，生活太困苦，能在新地方過日子已經不容易，哪裡還有餘力去懷念失去的家鄉？這一點以〈辭行〉為例。該篇主要展示道義與生存在窮人的生活裡的致命矛盾。人物也是從大陸逃到臺灣的知識分子；兩個朋友一起來到另一個朋友的墳墓，一邊回憶年前朋友死去的情況，一邊與他告別，說他們必須到他處找工作。為了表示這些人與大陸的老家沒有完全脫離關係起見，一個朋友對死者刻文說：「你臨終時曾經說出你的願望，想教（兒子）小文長大後把你的遺骸運回大陸原籍，葬入族塋。」（《掙扎》八十六頁）但是連這個願望也無法實現，因為死者的寡婦已經改嫁，「小文」亦已改姓。不過作者所關心的不是已經死去的人，而是仍然得繼續在世上掙扎過日子，並同時思考生存意義的人：

「人如果沒有靈魂，人生真是一聲可憐的歎息。留下了些什麼？又帶走了些什麼？活著又為的是什麼？……我真不明白像我們這樣的人為什麼要到這個世界上走這一趟？」……

「那是為了當別人的墊腳石。」

（《掙扎》八十五頁）

這種絕望該是當時相當普遍的心態；本省人感到被外來的政府所克服，而外省人無法適應新環境，加上戰後的臺灣剛開始重建不久，社會尚未徹底安定下來，老百姓一般都很窮，日子實在不好過。因此創造一種遭難心理，使得文學作品往往呈現過於感傷的情調。短篇〈朋友〉是個好的例子。一個「十一年前離開北平」的計程車司機講述了一個稍微有點懸疑的故事：某個晚上一位帶著「濕淋淋的血跡的行李袋」的顧客要坐到一塊墳地去。司機的幻想是顧客很可能是個凶手，但到最後讀者發現那個人不過是想把養了二十年而被車撞死的狗安葬。這時住臺灣已經二十多年應該是本省人吧。但這一點在故事裡並沒有任何重要性。〈朋友〉的「咒語」和郭衣洞其他早期作品一樣：「只有為生活而奮鬥的人才知道這種『老怕被老闆解雇』痛苦，對一個窮人

來說，他是不能選擇的。」（《掙扎》五十三頁）

而為了傳達這個意思，小說常用所謂的「肥皂劇」的寫法，使得讀者難免邊讀邊流淚。有時候一篇之內一連串的悲劇多得令人難以接受，讀者精神上的負擔太沉重。〈路碑〉恐怕就是這麼一篇。主人翁的太太在醫院裡正要生產。因為有難產的可能性，所以得去買藥。藥因為太貴（同時另外有個人也得買藥，相比認為真便宜！）他只好在外頭跑，想辦法借點錢。但無論向誰借，都碰釘子，而三輪車費便吃掉他僅有的一點錢。最後他跑回家，把家裡小女兒身上穿的衣服脫掉要去典當換藥費。破衣服也是沒人要，主人翁逼得自尋短見：「向那路碑凶猛的撞上去，頭蓋骨和路碑接觸的那一剎那，他感到一陣身子都要化為灰燼的劇痛，接著他分明的感覺出他的腦漿在他那破裂的天靈蓋骨縫中濺出來了。」差不多在同一時候，他住院的妻子因無藥可用，也斷了氣。到了小說的末段，作者把他們寫成現代版，但更可憐的梁山伯與祝英台：

天上響起巨雷，正是永平向路碑撞去時響的那個巨雷。沒有人知道他們兩人的靈魂是不是已在空中相會，如果相會的話，他們回顧大地，會發現他們留下的兩個女兒——大女兒正蜷臥在床頭，睜著恐懼的眼睛，盼望著爸爸媽媽歸來。二小女兒呢，她正雜在嬰兒群中，無知無識的甜睡。

（《掙扎》一二四頁）

窮人極為卑賤的生活一直都是郭衣洞早期小說的重要題材。在《掙扎》集子裡的〈窄路〉一篇中，一位馬來西亞華僑回到臺灣找兩位以前在大陸認識的朋友。其中一位，據老朋友的看法，看了太多書，因此太講正義，不懂得妥協，結果死得很慘，留下了一家幾口子窮到幾乎沒飯吃的地步。到最後他們只能靠二十來歲，不得不當妓女的女兒過日子。這位遠來的華僑被老朋友的女兒目前的職業嚇了一跳，嚇得似乎「從天上打下來打到我腳前的霹雷都不能使我這麼顫慄」。他對朋友的寡婦說，「隆青在地下會蒙羞的，你的兩個兒子也會蒙羞的。」而做母親的回答清清楚楚地替作者表示自己當時的人生觀：

我不知道馬來西亞的情形如何，但我知道我們活著的這個社會，沒有錢才是羞辱，而為娼卻是高尚的，至少和別的職業一樣高尚。隆青在他的標準上活著，他除了窮困外沒有給我們什麼。

（《掙扎》一一〇頁）

在一九八四年於愛荷華的一次談話中，聶華苓曾經問過張香華：「你覺得他（柏楊）的小說是不是有點像歐·亨利的小說？情節重於人物的刻畫……」張氏完全同意這個說法（聶華苓編《柏楊小說選》，香港，一九八六年）。筆者也認為這是相當中肯的分析。在郭衣洞筆下的人物幾乎都能代表一種類型，一種人格，或社會裡的經濟階層。但有時也會像歐·亨利一樣，情節往往有令人意想不到轉折。〈凶手〉，雖然也離不開「窮」，但就是這樣的一篇；亦是作者早期作品在構造方面較為成功的小說。

一個失過戀，「已不再有人的心肝」的人給敘述者講一個與他有直接關係的故事。他住院時的同屋的病人，一個中學教員，老跟他說他的未婚妻多麼美麗，多麼賢淑，要他看她給他的來信，看她的玉照，因為，「我只是想請你和我共同快樂，你太苦悶了。」而不耐煩的敘述者居然感到，「一個毒惡的念頭從我那裂開著的心房裡產生，」即模擬未婚妻的筆跡，下一次女的來信時，他就偽造一封說要與中學教員分手的信來代替它。敘述者此時的心態使他成為郭衣洞小說裡很獨特的人物：

我記得我做這件事時的心情，你如果寬大的話，可以說我僅只在惡作劇。不過，實際上，我的原意並不這麼簡單，我是惡毒的，和任何心懷瘋狂嫉妒的人一樣，我這樣做並不是為了對自己有什麼好處，而只是憎恨他比我幸運，希望看到他的幸運化為一場空話。

（《凶手》二三二頁）

結果，原來很幸運的人，因為相信他所愛的人不要他了，就跳樓，死在醫院的水泥地上。後來，講悲慘故事的人把原來的那封信遞給小說的敘述者看。原來那封信裡女的確實說她不得不跟中學教員分手；愛是愛他，但說她不配作他的終身伴侶云云。按理講，這個演變應該減少「惡毒」人的罪惡感。而他則不那麼想：「『我是凶手，』他淡淡的說。『使他提早死了兩天。』」（《凶手》二四一頁）該篇也反映了作者當時對於愛情的「哲學」：

愛情支配人生，可能附麗於權勢，可能屈服於金錢，但也可能挺身正面出現。然而沒有一椿愛情不是一椿悲劇……因為最後還有一個「死亡」。再多的歡樂日子終結歸於一把眼淚，何況有歡樂的愛情並不多。

（〈自序〉，《郭衣洞小說全集》）

「凶手」裡的兩個人由於「愛情的悲劇」，一個死，一個成了凶手，這篇小說，雖然在某些地方顯得有點太感傷化，但是郭衣洞早期作品中比較重視人的內心世界的描述的，具有讓人深思的道德問題，「伯牙因我而早死兩天」是否表示那個人有罪？由這個問題我們可以了解文學很重要的一面，即：文學作品主要不應該解決問題，而是要提出問題。這一點也成為郭衣洞小說特色之一。

三、結論

在一九八四年愛荷華的談話中，聶華苓曾問過柏楊其對自己小說的評價。他說：「我覺得我小說滿好。」他同時也承認魯迅能算是他的文學導師。他說：「自從白話運動以來，魯迅的小說還是最好的……我的小說倒是學魯迅的……我小說是真的受了魯迅的影響。」（聶華苓，《柏楊小說選》，六頁）那麼，受哪一方面呢？據他自己說，他喜歡魯迅小說的簡潔。但我們免不了要問，只這樣嗎？魯迅其他技巧上的優點，他替窮困、無知的老百姓訴苦，吶喊，描述知識分子的苦惱，甚至於抗議整個社會之不公平，郭衣洞沒提。不過這些應該算是魯迅小說給郭衣洞早期作品開路吧。

君不知魯迅的小說發表將近一個世紀後，還有許多讀者來證明其藝術上和內容上的永恆性；而郭衣洞的小說呢？是否這半個世紀後還有人看？作者本人在一九八四年是這麼說：「現在因時代不同，所以我的小說更不吃香。」但不是每個人都這麼想：

> 如果他的小說只是侷限在五十年代的話，那就沒有永恆性了，正因為他太灼熱，太關懷，所以儘管他的小說技巧還沒有發展到最圓熟，但是，因為他的愛心，他的期望，使他在作品裡面保存了一些永恆的東西。
>
> （聶華苓編，《柏楊小說選》）

至於「技巧還沒有發展到最圓熟」此說法，郭衣洞本人似乎也曾經同意過：

> （五十年代初）我還不知道什麼是小說。回憶起來，也著實佩服自己的勇氣，一直等到出版了三四部單行本之後，才初步了解如何布局，如何組織。所以我對這些初期的作品，實在不忍重睹。我十分崇拜那些第一次就寫出非常成熟作品的作家……我深恨我沒有這種才能。
>
> 〈關於《郭衣洞小說集》〉

據說，魯迅認為他的第二本小說集《徬徨》雖然在技巧上比《吶喊》成熟、圓滿，但他還是更喜歡《吶喊》其缺乏修飾的感情，郭衣洞對自己早期作品的看法也很類似。在《凶手》一書的「前言」裡，他這麼說：

本書各篇，都寫於一九五〇年代初期，是我寫作生涯中最早的創作。文字功力和文學能力，當然尚未成熟，但感情是成熟的，感情萬古不變，各種愛恨交織的故事，在人世發生已很久了。

在本論文前言裡筆者曾簡單地比較過郭衣洞與魯迅的文學特點，其相同（如從事文學的動機）和相異（如地方色彩）之處。但還有一點值得注意。郭衣洞的人物基本上是一些缺乏獨特個性的典型，起碼早期作品是如此。若干篇裡頭，找不到一個阿Q，一個孔乙己，一個祥林嫂，一個閏土，甚至於一個呂緯甫或一個四銘也沒有。這些虛構的「人」在若干讀者心裡是活生生的，明確地代表一個現象、一個情況，或者一種人物。不過有一點兩位作家很相似。魯迅的阿Q基本上是個反面人物，孔乙己亦如此；祥林嫂基本上是個正面人物，等等。可是作者不願意這麼黑白分明，一點含糊或一點微差都沒有地創造他的人物，所以他把他們寫成有血有肉的代表。郭衣洞的人物雖然沒有魯迅那麼複雜，但他也不願意把人物描述得過於單面。可憐、正直的人往往有他們固執、無法妥協的一面。有些女人，因為男人不肯替她們著想而毅然決然地離開。這樣的人確實具有她們的道理，可以理解的地方。也就是說，兩位作家的政治、社會道德立場雖然很清楚，但是不會因為如此而寫出過分教條的作品。

聶華苓說得對：「郭衣洞小說和柏楊雜文有一個共同點：在冷嘲熱諷之中，蘊藏著深厚的『愛』和『情』。他大半輩子，就是個『情』字——親情、友情、愛情、人情、愛國之情；他就是那個『情』字痛苦，快樂，憤怒，悲哀，絕望，希望……」（聶華苓編，《柏楊小說選》）在一九五〇年代末一九六〇年代初寫的小說中，友情和愛情最為突出，而作者本人的「情」往往是痛苦、悲哀、絕望的。這的確反映了當時知識分子普遍的心態，窮人的困苦，社會的不平等，及人性的軟弱。

讀完了郭衣洞早期的小說，心裡的感覺總是相當沉重的，有些篇甚至讓讀者感到窒息，想要向天空抱怨這世界的殘忍，不公平。雖然眼前的臺灣社會完全改變了，作者本人也變了，但是這個世界仍然有其殘忍，不公平的一面。郭衣洞的小說因此不但具有歷史價值，並且到現在為止仍然能讓我們對人性、人情、人道得到極為深刻的了解。

選自李瑞騰主編《柏楊文學史學思想國際學術研討會論文集》

【附錄四】

我與文學翻譯——浩文葛採訪葛浩文

採訪是去年春天在葛浩文家裡進行的，前後一共談了幾次。一般來說，這個長度的對話一次就能完成，訪問稿初稿出爐之後，有什麼疑問或不清楚的地方，再以電話或電郵追問澄清即可。但葛浩文教授非要邊談邊聽音樂不可，有時碰上他特別喜歡的曲子，還要把音響開得大聲一點，我們不得不暫停採訪。一次，播放巴哈的《雙小提琴協奏曲》，他又停下對話，一邊聽一邊跟著哼，要跟上知名小提琴家帕爾曼和史坦兩人的演奏，他一個人一張嘴要兼顧兩個樂器，真是忙得不得了。還有一次，我們聊得比平時晚了，他索性打開一瓶二〇〇七年分的金粉黛，我們兩人開懷暢飲，難怪訪問無法一次完成。他待人彬彬有禮，他這把年紀了，可是手腳敏捷，朝氣不減，反應也不遲鈍。最近，他的一位博客迷評論說：「葛浩文好像黔驢技窮了。」我看還不至於。

——浩文葛

浩文葛：開始之前，先要感謝你允許我來採訪，讓我公開發表訪問稿，而且沒有任何限制，有問必答，這可不容易。許多人一碰上跟中國有關的話題，總是支支吾吾，不太願意有話直說。

葛浩文：我答應你如此採訪，恐怕是不智之舉，不過君子一言既出，駟馬難追。

浩文葛：啊，這個成語用得太好了。好，我的第一個問題，嗯，可能有點不太合適，希望不會冒犯了你。《華盛頓郵報》和《紐約時報》書評版頭版刊登過不少評論你的譯著的文章，就連《時代周刊》也發了書評，評價一般都很高。如果我記得沒錯的話，寫評論的人也都是研究中國的專家。後來還有《紐約客》，並且有約翰．厄普代克的長篇評論。看評論之前，你一定喜出望外。

葛浩文：是呀，不過，讀完之後就不一定那麼高興了。

浩文葛：啊，是這樣的哦。我剛才還想問問你的感受，現在不用問了。說到厄普代克，我看到他在評論裡說，「美國翻譯當代的中國小說那塊孤寂的土地上，好像就一個人，葛浩文。」是否請你就他的評論說幾句？

葛浩文：我有個習慣，那就是，別人的評論不論是好是壞，我一概不理睬。如果說的是好話，你說我該有什麼反應？沾沾自喜嗎？還是覺得自己浪得虛名？裝模作樣的謙虛一下嗎？都不太合我的脾氣。如果是後者，等於提醒我，我的翻譯有所疏忽，看了不是會很不舒服嗎？我又不是有自我虐待狂。厄普代克先生不太喜歡莫言的《豐乳肥臀》或蘇童的《我的帝王生涯》，令我替他惋惜，可惜他失去了一個使自己的眼界更開闊的機會，因此沒能走進一個陌生的文學領域。我個人認為，如果一個人對「好的」文學作品，持有狹隘的、僵化的看法和標準，那就關上了太多太多藝術欣賞的大門。譯者可以把各國的文學瑰寶送給全世界的人，讓我們大家在眾多方面變得更加富有；因此，絕對不能因為要推崇所謂的文學藝術性，就把其他國家的文學拒之門外，因為這些不同文化背景所產生的文學著作帶有難能可貴的差異性，會讓我們對世界的認知更加豐富，要不，我們都會是井底之蛙。

至於他說我的那句話，我大不以為然。首先，中國文學英譯界並沒有那麼孤寂，其他譯者的眾多作品也一直不斷出版，其中不少譯作出自當代一些很有天分的譯者，而且頗受好評，只要有機會，我總是盡力替他們的譯著做宣傳，有時也會幫忙推薦給出版社，或是介紹給朋友看。至於我為什麼沒碰上什麼「對手」呢？其中的原因，我也不知道。那些譯者大多數是年輕人，有可能是他們選擇的作品不適合翻譯出版；也許他們因為自己的工作和愛好，沒法在翻譯上投入足夠的時間和精力；也可能是他們需要在中文或英文上下更大的功夫。

浩文葛：你剛才提到兩位作家和他們的作品，我想接著再問一個問題。我知道常常有人問你，你喜歡的作家是哪一位，你最滿意的譯著又是哪一部。對此，你總是顧左右而言他。怎麼可能沒喜歡的呢？我不相信你不偏愛哪一位或哪幾位作家，我想你一定有比較滿意的幾部譯作。可不可以不要推拖，坦白說出你喜歡的作家、作品和譯作，好不好？

葛浩文：現在還不是可以說的時候。作家和譯作，當然有我偏愛的。有些翻譯，我自己覺得翻得滿好的，但是不能跟你說是哪些。有些作家的風格和語言，我翻譯起來就是覺得比較順手。大多數的作家，不管是男的還是女的，我都喜歡，不過其中有幾位，讓我不敢恭維。不能跟你說我比較喜歡誰，因為我知道會因此失去把更多好作品推薦給新讀者的機會。你想，那些我沒有提到的作家，不是就會認定我不喜歡他們？那他們還會願意讓我來翻譯他們的小說嗎？這用膝蓋想都想得出來。不能說！

浩文葛：有不少人在文章裡提到你翻譯出版的小說和小說集，有人說你翻譯了三十多部，也有人說是五十部，說法不一。不妨把確實的數目說出來，也免得他們老是搞不清楚。

葛浩文：數字不重要。譯著是出了不少，因為我從七〇年代末期開始翻譯到現在從未間斷。我喜歡做翻譯也執著翻譯，對我個人而言，世界上沒有比翻譯更吸引我的工作了。譯文的質量才是關鍵所在，評論和一般讀者褒貶不一，但令我高興的是，說好話的居多。翻譯的大多數作品讓足夠多的人感到滿意，至少沒白費力氣，也讓我欣慰。說到評價，讀者反應好，我與作家都沾光，反應不好，我倆都會被批評（不過作家可能會認為是我翻壞了，不是他們寫得不夠好）。無論如何，我還會繼續翻譯下去，希望能越譯越好。

浩文葛：我知道你翻譯的都是小說。為什麼刻意回避，不翻譯散文和詩歌呢？

葛浩文：終於有機會可以更正這個謠言了。散文或詩歌，我都沒回避，不過是你沒發現罷了。一九八四年我翻譯了楊絳的文革回憶錄，一九九〇年又翻譯了劉賓雁的演講集。也翻譯過朱自清的散文和一批非小說的作品，其中有作家劉心武、蕭紅、聞一多和王蒙，還為雜誌《臺灣文學：英譯翻譯叢書》譯了不少作品。我常說，散文這個類型最難譯，至少是很難譯得好。好的散文風格簡明，語言洗練，題材與當地的文化歷史息息相關，此乃一大挑戰，對譯者和讀者都是如此。詩歌又有所不同。我譯的不多，就只有蕭紅的幾首短詩，另外就是小說裡偶爾出現的詩歌。不過，請不要就此以為我對翻譯中國詩歌不感興趣，或從來沒譯過。我和林麗君受美國國家文藝基金會委託，選編了一卷當代中國詩歌英譯，我們邀請來自世界各地（美洲、亞洲、歐洲、澳洲）的翻譯，共有四十多位一起翻譯，其中收了我翻譯的兩首詩，主要是因為那位詩人寫到蕭紅的故鄉，呼蘭河。

浩文葛：我在什麼地方讀過一篇短文，說做翻譯的人常要花不少時間為自己辯護，證明他們在文學創作領域也起了作用，有時則需要回應別人對他們的譯作的批評，不管這些評語是否言之有據。我讀過幾篇別人對你的訪問，你也提過這些現象。能不能請你說說，你是如何回應的？

葛浩文：譯者有時被稱為文學對外傳播的接生婆，還有稍帶惡意的說法是，翻譯是想當作家卻當不成，就退而求其次當翻譯，持這種看法的人一定沒有做過翻譯，其實翻譯有時比創作難；作家如同畫家，有一張空白的畫布隨意創作，而翻譯則好像要口頭向人描述一幅畫（你看我也在替翻譯辯護啦！），有些人難免會有「妾身未明」的焦慮，所以必須強調他們的重要性。

至於如何回應別人對我的翻譯的批評，有朋友跟我說，英國的研究所至少有三篇博士論文跟我翻譯的小說有關，或是全部內容或是相當一部分內容以我的翻譯為研究主題。我還聽說目前中國有兩千篇以上的文章討論我的翻譯。我實在承受不起這麼多人的「矚目」，因為，之一，我不覺得需要那麼多人來研究，他們應該把時間精力拿來加入翻譯行列，讓更多的中國文學能有更多的外文讀者；之二，有些人研究其實是「來者不善」、「不懷好意」。說白了，就是來「檢查」一下看看我是否把他們中國人的作品給翻壞了。偶爾會接到電子郵件，對方開頭一般會說：「長時間以來，我一直都是你的崇拜者……」，或者先把我的翻譯誇獎一下，甚至感謝我作為中國文學與英文讀者的橋梁。看到這樣的開頭，我就渾身發涼，因為過去的經驗告訴我，接下來很可能就是從字面上比較譯文和原文，指出我什麼地方翻錯了，結尾還要很客氣地加一句：「你認為我說得對嗎？」看了幾次這樣的郵件以後，我再也不讀，也很少回覆。去年有一位年輕學者告訴我，他正在寫一部專論，研究我的三部譯著，蕭紅的《呼蘭河傳》（*Tales of Hulan River, 1979*），莫言的《紅高粱家族》（*Red*

Sorghum, 1993），再就是朱天文的《荒人手記》（*Notes of a Desolate Man*, 1998）。我不太懂他選這三部翻譯的道理何在，尤其是《荒人手記》，是我與林麗君合譯的，他要怎麼探討才合理？

稍微離題一下，如果有機會，我很希望把《呼蘭河傳》的翻譯重新看一遍，潤色修飾一番。那是我最早的一部翻譯，事隔多年，我自己的翻譯技巧也大有進步，一定會有更好的想法，可以讓這本出色的作品更加出色。另外，我也認為格外優秀的文學作品，十到二十年左右就需要新的譯文。有不少翻譯和出版社都同意這樣的做法；西方的例子可謂不少，如，托爾斯泰的《安娜・卡列尼娜》從二〇〇〇年到現在至少有四個英文翻譯，湯馬斯・曼的《魔山》也有兩個。

中文方面，據我所知，只有魯迅的短篇小說集有三、四個英文版。我兩年前出了老舍《駱駝祥子》的新譯本，是第四個。為什麼還要再翻呢？因為上個譯本出版至今已經幾十年了，而且前面三個翻譯都把那本傑作翻得糟糕極了，一個亂改結尾，一個把不合當年共產黨論調的部分刪了，一個則是翻譯的英文太爛了，根本無法讓英文讀者領會原著精神。

言歸正傳，以前有人請我寫寫我的翻譯經驗或理念，雖然我不一定照辦，但是他們看得起我，讓我覺得受寵若驚。採訪，我則有點猶豫，因為有些採訪者或他們報刊雜誌的編輯常會誤解／誤登我的意見想法，甚至斷章取義，讓我不小心得罪人。不過，我直到今年還是接受採訪的；但今天這個採訪結束後，就再也不接受了。該說的都說了，不該說的當然就不能說。現在網路方便得很，有興趣的人上網查一下就可以看到。

浩文葛：看來不少學者或讀者不厭其煩地剖析你的譯作。

葛浩文：人家指出問題，我總是心存感激，多少有點不好意思，但我仍然希望他們能從更寬的視角評論我的譯作，從一整部作品的忠實度（fidelity）上判斷翻譯成功的程度（degree of success），如語調、用詞、清晰度、優美的表達等等，既要忠於原著也要符合英文語法措辭的需要，不能有洋涇濱的英文。比方說，王朔早期的小說如《玩兒的就是心跳》，用的是當時北京街頭巷尾通用的「土話」，翻譯得把那種感覺翻出來，但是不能用太新太過口語的美國英文俚語。這種恰到好處的措辭用語，是最難拿捏的。如果有人對中英文都精通又有翻譯經驗，我會很樂意與她／他交流、討論。

但是，如果是因為某個中國文化或歷史方面的典故沒有加上腳注，或者，因為某個晦澀的或區域性的東西（比方海南島的某一種植物）解釋不夠完善，就來批評我的譯文，這種批評是沒有益處的（這類批評一般來自中國讀者）。至於英文評者，我們做翻譯的當然希望他們至少粗知原著的語言，希望他們能夠指出實際的優點或缺點，而不要因為不喜歡一部小說就一口咬定是翻譯翻得不好；當然，翻譯做得不好，就很可能讓讀者不喜歡一部小說，我們的責任很大。不過我想大家都會說這樣的要求太高了。

浩文葛：這就引出了另外一些話題。首先，我們常常聽到不少人談論翻譯理論。對此，你是怎麼看的？其次，也是將來的譯者一定要思考的問題：文學翻譯的技巧能傳授嗎？

葛浩文：先回答第二個問題，大體來說，我認為文學翻譯技巧是可以傳授的，至少可以傳授到某個程度，但是真的要翻得盡善盡美，恐怕還是得由各人去推敲，經驗也很重要，翻的小說越多，當然越有心得，也就越來越順心應手。舉個簡單的例子，中文習慣說，某人的兩隻腳穿著一雙新皮鞋，英文要是照翻，就有點可笑，因為除非那個人只有一隻腳，英文不會特意強調兩隻腳的。就好像剛學中文的美國學生常說，「我去書店買一本書」，其實應該是「我去書店買書」，除非那個人只買一本，或者老師規定只能買一本（哈哈）。

至於翻譯理論，當然不能讓理論阻礙翻譯。我讀了不少翻譯理論，發現其中不少說法很有意思，作為抽象的、甚至哲學性的知識讀起來很有吸引力。但對從事翻譯的人來說，理論到底有沒有用，我也無法一言以蔽之。從理論入手，學習翻譯出好作品，這有點像一邊下樓，一邊研究膝蓋的運作。

另外，還有很多與翻譯相關的實際問題。譯文讀上去，要不要像譯文？改變原文行不行？應該不應該改正作者的錯誤？可以不可以「修改」原文或刪減沒用的文字等等，說也說不完，但這些問題的答案，要在譯者開始翻譯碰到時才有解答，譯者必須自己思考如何解決，並沒有統一／唯一的答案。而評論也應該就個別的例子提出看法，不能用一個特定的尺度去衡量所有的翻譯。

幾年前，我參加過兩個為時一週的文學翻譯坊。效果如何，參與者可能各有不同的看法，但在我看來，一週裡大家學到了不少，我們的翻譯技巧很明顯的提高了，而且也學了一些處理問題的方法。這些是傳授的嗎？是，但也不完全是，這是一個漸進的過程。中文的一句俗語最能表達我的看法——師傅領進門，修行在個人。在翻譯坊那幾天，大家合作把一個文學文本變成最好的譯文的同時，必須牢記翻譯，尤其是中文翻譯成英文，牽涉太多的「詮釋」，不能像厄普代克說的那樣，逐字翻譯，有時甚至需要點創造性。給一個例子，中國作家畢飛宇的《推拿》有一句，「沙復明出來了。他不想出來。」可以直接翻成（a）Sha Fuming came out. He didn't want to come out. 如果把這樣的句子交給出版社，編輯一定會修改。為什麼呢，英文對重複適用一個詞或句型的承受力比中文低很多。畢的原文重複有他的用意，但是在英文不僅很難表達出來，甚至會給讀者對小說本身印象不良。所以必須用「詮釋」的方式來翻譯：

（b）Sha Fuming came out, even though he didn't feel like it.

（c）Sha Fuming came out, with reluctance.

（d）Sha Fuming came out reluctantly.

不管怎麼說，即使一部小說翻譯跟原文十分相近，也是一個新文本。

浩文葛：接下來要問的當然就是：你有翻譯哲學嗎？

葛浩文：有沒有翻譯哲學，我答不出來：說哲學，實在言之過重，只能說是一種方法，或一個目標。懷著虔誠、敬畏、以及興奮的心情進入文本，理解，詮釋，翻譯之後，彷彿發現了一個新朋友。這麼說，有點玄，是不是？換一個說法，作為譯者，我首先是讀者。如同所有其他讀者，一邊閱讀，一邊闡釋，然後翻譯。我總要問自己：是否成功地讓譯文的讀者如同原文讀者那樣欣賞作品？是否恰當地讓作者通過我的翻譯跟他的新讀者對話？是否讓譯文讀者除了理解原文裡的文化、社會、歷史等等之外，也能真實確切地感受到原文裡愉悅、敬畏、或憤怒等等的情緒？這些就是我的目標。

浩文葛：我覺得這太難做到了。我們可以換個話題，好嗎？方才你提到朱天文的《荒人手記》，那部獲獎譯著，如你所說，是合譯的作品——我相信，是你首次與他人合作。你為什麼決定與另一個譯者合作，合譯與獨自翻譯又有什麼不同，能告訴我們嗎？

葛浩文：不對，《荒人手記》不是我的首次合譯。之前還有幾次，一次是與過去的研究生合作翻譯他感興趣的作品。不過，《荒人手記》是我與林麗君的首次合作，可謂天衣無縫，因為她熟稔文化背景，也熟悉原著。那部小說很有深度，那次翻譯經驗也讓我們深刻體會到所有譯者要面對的困難。與作者的溝通——以電傳為主——也讓我們與作者成為朋友。此後我們又合譯了兩部臺灣小說，兩部藏族作家阿來的小說，三部畢飛宇的，他的《玉米》還得了曼氏亞洲文學獎，以及劉震雲的三部長篇和一個短篇小說集。以後我們還會合譯其他作家的作品。

雖然歷史上並不多見——在現當代華文文學，楊憲益和戴乃迭屬於特例——但現在兩人合作翻譯變得越來越普遍。一般來說，都是兩人各通一門母語。顯然，我們就是這種組合，效果似乎還不錯。我不知道其他人如何合作，我們的翻譯過程是，她先翻出第一稿，然後我接過來對照原文，作為第二稿。之後我們一同改稿，改完後我來定稿，她再讀一遍譯文，偶爾會對照原文。要是時間寬裕的話，我們就把譯稿放一邊，最後我們再以新的視角把譯稿再看一遍。這一稿還會有修改潤色的地方，這是必要的也是無可避免的，因為總會想到更好的詞或譯法，我們送交出版社的就是這一稿。雖然我從沒有算過，但能斷定，兩人合作要比一人翻譯花費更多的時間，但我們深信最後的「成品」或許會比一人翻譯好，而且兩個人能分享完工的樂趣。還好我們從沒有因為意見不同而吵架，我們的原則是，有關中文文本的詮釋以她的想法為主，而我則是決定選用最恰當的英文翻法的人。

浩文葛：你們翻譯一部作品，是不是要有固定的程序。動手之前，原著要讀幾遍？

葛浩文：翻譯之前讀原著，很少超過兩遍。多讀幾遍原著，有助欣賞和理解，但未必就能翻出更好的作品。說到讀原著，有時看到一個句子或片段，會突然靈感來了，腦子裡出現「妙語」或特別貼切的翻法，就先寫下來。不過，一般來說，讀原著的目的是體驗原著的感覺，找出原著的風格特色，翻譯就可以拿捏得準確一點，比方說，是嚴肅的還是幽默風趣的？作者的語言比較典雅還是比較口語？決定取向後，開始翻譯時就朝那個方向進行。接下來就是詞彙和句子之類的細節。有時動手翻譯，不一定全部譯完，先譯出一部分，三、五十頁，先請經紀人或出版社過目，看看他們是否有興趣出版，如果有，當然我就繼續翻完；如果沒有，抽屜就成了他們的歸宿（我的抽屜裡還有三、四部沒譯完的）。現在由於美國出版界十分不景氣，而且「中國熱」好像退燒了，所以不整本翻完就很難打動出版社老闆的心。當然，花幾個月甚至半年以上的時間翻譯一本小說，最後還是可能被拒絕。這時挫折感就特別深。

最近我對外「告白」，說我邊讀邊譯，不過都是在出版社找我翻譯之後。有時我自己看到好書，非翻譯不可（如李昂的《殺夫》，或莫言的《紅高粱家族》），當然有時也有全部看完再翻的。邊譯邊看的譯者，不只我一個人，包括那個偉大的拉巴沙也是這麼譯的，倒讓我感到高興。這不是為了搶時間，而是一邊讀一邊譯，能同時體驗並闡釋一部作品，我相信這能使作品產生一種即興感，譯稿讓出版社編輯看過修改過兩、三遍之後，送回給我看，有時還有這種新鮮即興的感覺。當然我不建議所有作品都這麼譯，但這種選擇是可行的。

在正常情況下，我可能手邊有兩、三份翻譯工作，但是進度不同。第一本翻好了，送交出版社前如果有時間我會放一邊，去翻譯第二部，過一、兩個星期再用嶄新的視角去看第一部的譯文，修飾潤色就容易多了。等第一稿交出去了，當然就翻譯第二部，同時出版社把編輯看過的稿子送回來，我要逐字逐句的看，因為編輯一般不懂中文或中國文化，有時會改錯了，就得把第二部先擱著。看完，把稿子送回去給出版社，繼續翻第二部。第一部沒有出版時，第二部可能已經完稿，就放一邊，開始翻第三部。有時，則是因為一連數月把精力集中在一本大部頭的原著上，翻譯效率減低，甚至對小說失去興趣或語言敏感度，就需要先擱著，先修改另一部。經常有人問我，翻譯一部小說要多長時間。其實我也不知道。

浩文葛：你總說翻譯需要「討好」兩個主人：作者和讀者，讓他們同時對你滿意並不容易。不過，至少有一次，這兩個主人，你哪一個也沒讓他高興。我是指出版姜戎的《狼圖騰》引發的爭論。到底是怎麼回事？

葛浩文：《狼圖騰》這部獲得曼氏亞洲文學獎的小說，譯文足足有好幾萬字，譯稿送交企鵝出版社之後，我收到編輯的來信。她在信中說：

你在譯作所達到的成果令我感到震撼，當我想到這部小說翻譯的困難度時就更佩服你了。接下來我們要設法讓這部作品更容易被西方讀者接受，為了達到這一目的，以我所見，原則上要進行一些技術性刪減……到底要壓縮多少，我初步認為先刪去三分之一左右……小說裡有不少重複的短語、段落、甚至概念，也應該刪減。

刪去三分之一?!

我據理力爭，最後並沒有壓縮到這個程度，不過小說後面的講座與對話被出版社的編輯刪掉了，因此英文版比中文版短了一些，也比日文版、法文版或其他語種的《狼圖騰》短了。效果如何就讓英文讀者來決定了。

浩文葛：但爭論並沒就此結束，對嗎？聽說小說出版之後，你和姜戎又發生了一次公開的論戰。

葛浩文：不是論戰！拜托，沒有那麼嚴重，好不好？那是我參加的那個翻譯坊結束時，碰巧姜戎也在那裡，出版社的人就請我和姜戎討論《狼圖騰》的翻譯，聽眾有一百個人左右。一週之前我們在北京見過面，他就譯著對我表達了謝意。於是，我就傻傻地問他，「你對我的譯文哪裡不滿意？」他的回答引發了一次漫長的、熱烈的討論，討論小說第一頁翻譯的一個句子，就是一位蒙古族長者對主角的評價：

「你們漢人就是從骨子裡怕狼。」我翻譯成：

「A fear of wolves is in your Chinese bones.」

作者抱怨我把漢人翻譯成 Chinese，即「中國人」，不是原文裡的「漢人」，他認為蒙古人，如同西藏人、維吾爾人、苗人等等，也是中國人，儘管他們是少數民族。他以為我的譯法褫奪了中國五十五個少數民族的公民身份——這也是他要爭論的要點所在。他的意思是，我應該翻譯成「Han」。我跟你說，那時我問了在場的聽眾，所有的中國人都反對我的翻法，其中有幾位海外長大的華人，也有幾個棄權不願公開表達意見。還好，幾位從北京派來協助的譯員會後私下跟我說她們同意我的論點。

這涉及好幾個問題，如中國的民族多樣性、文化敏感性、讀者的接受度、譯者的自主性。我的美國讀者，那批為數不多的、日漸減少的讀者，並不知道中國有多少少數民族——五十五個，五百五十，還是五千五百，但是他們知道中國有少數民族。對美國讀者來說，西藏人就是西藏人，蒙古人就是蒙古人，漢人……也就是中國人。我們在美國有時會加某個人的祖籍，如義大利裔美國人，愛爾蘭裔美國人，華裔美國人，臺裔美國人。我也可以依此處理，譯成Han Chinese（「漢中國人」），但如何翻譯蒙古族的人？Mongolian Chinese？「蒙古中國人」講不通吧。根據他的想法，我們就會有下面的句子：

The Mongolian Chinese elder said to the Han Chinese young man,

A fear of wolves is in your Han Chinese bones.」

或者，

The Mongolian Chinese elder said to the Han young man,

「A fear of wolves is in your Han bones.」

你不要笑！當時在場真的有人如此提議，不少人（大都是母語為英語的人）

聽到第二建議都在偷笑，因為聽起來太可笑了，不是嗎？

在翻譯過程中，譯者常會有幾個可以用的詞彙，要從中選出某一個最適合譯文的語言、社會、文化語境，而且顧及譯著的藝術性，因此不能完全受原文的各個詞句的控制。為此，我得相信自己的耳朵，「Chinese」和「bones」並列使用，聽起來不僅能引發聯想，還能充分表達那位蒙古長者的弦外之音，可謂一語中的。此外，這是小說第一頁上出現的句子，我過去常強調一本小說第一頁（甚或第一句）的重要，作為翻譯，我得吸引讀者的注意力，而不是向他們灌輸地緣政治。

接下來還有幾個句子，引起熱烈的討論：「熊可牽，虎可牽，獅可牽，大象也可牽。蒙古草原狼，不可牽。」我的英語譯文是：「You can tame a bear, a tiger, a lion, and an elephant, but you cannot tame a Mongolian wolf.」

這涉及到要不要原封不動照翻原文的問題。作者的選擇是「pull」（即，拉、拽、牽）（還有聽眾建議用「tug」——猛拉，猛拽，用力扯），根據上下文倒是講得通，因為繩索拉緊之後，小狼四爪流血，但還是不動。熊、虎、獅、大象等動物，要是不樂意的話，你是拉不走的，所以中文的「牽」並不是真的牽，而是馴服了以後才可以牽的。你可以想像一下野生的獅子、老虎怎麼牽?馬戲團裡的就可以牽，但那是馴獸師花很多時間訓練出來的。然而，對作者來說，「tame」這個字還不夠有力，太弱了。其實，要傳遞的信息已經很清楚了。在「牽」的問題上，我並沒說服他。

浩文葛：可以再說說你對中國文學的看法嗎?中國文學譯著在國外出版的現狀和未來的情況如何?當然我們把話題限定在小說上。

葛浩文：我要首先指出，中國小說如同韓國小說，在西方並不流行，至少在美國的讀者群很小。日本的，印度的，乃至越南的，要稍好一些。之所以如此，可能與中國小說人物缺少深度有關。這只是個大概，很籠統的說法，也不是所有小說人物都沒深度，不少女作家的人物寫得就滿不錯的，雖然如此，中國小說還是有著明顯的傾向：是以故事和行動為主，對人物心靈的探索，少之又少。僅就人物塑造來說，《紅樓夢》和《浮生六記》，鮮有作品能與之相比。臺灣的文壇要好一些，不少作家都能夠深度剖析人物的心理變化。這也可能是我所以被蕭紅吸引的一個原因，讀她最好的小說，你會追問人物為什麼要那麼做，而不僅僅是想知道人物做了什麼，或者，怎麼做的。讀美國小說的書評，一般評論者總要研究一個或者幾個人物的內心世界，討論一個作家是否成功地把人物寫得躍然紙上，使人物的形象深深印在讀者的記憶裡，這是西方敏感的讀者評判小說的一個標準之一。

要是你逼我再說幾句批評的話，那我只好說，中國當代小說有著太大的同一性。如果能有更大的多樣性，不論是形式還是內容，必是可喜的變化。過去一、二十年來，出現過幾部作品有模仿中國或外國小說的痕跡，模仿魔幻寫實主義和後設小說的寫法或內容，就是最明顯的例子。大概要等讀者實在讀不下去了，小說題材風格才能朝前推進；當然了，美國的小說也有這種現象，彼此彼此，說到這裡……還有一個不好的現象：不少小說家粗枝大葉，不經過嚴格挑選就把素材寫進故事。沒有嚴格的編輯把關，小說家被迫自己修改作品，只是，不論作者文采幾何，不論知名度有多高，不論如何努力修改，他或她都無法客觀地對待自己的作品，所以一定要有另一雙眼睛，既能發現自相矛盾的地方，又能在大方向上提供新的角度。中國的出版社一般並不賦予編輯改稿的權力，所以這份差事就落在譯者和外國編輯身上，恕我直言，這方面誰也沒有美國出版社和譯者做得好。我在翻譯時就會抓到一些前後不一致和其他方面的問題，收到出版社寄來的校樣，也常常會有編輯指出毛病。這些都應該是在中文版出版前就改正過來的。

浩文葛：最後，我想請你談談以後的翻譯計畫，以及生活上的安排。你離開聖母大學回到科羅拉多州後，還跟大學學術界有來往嗎？

葛浩文：差不多沒有來往了，私下當然還是有在大學教書的朋友。至於翻譯計畫，那就要看華文文壇將來還有什麼佳作出現，只要有好作品，我一定繼續翻譯下去。我以前曾經說過，我是翻譯界的鯊魚，不是說要吃其他翻譯，而是鯊魚必須不斷游動，否則會死掉，而我一定要不斷翻譯，否則，嗯，天知道會發生什麼。不過我夏天每天清晨出門騎腳踏車運動，算是跟鯊魚一樣不斷地活動吧（哈哈！）還有，希望有空多看書、到國外旅行……

說到這裡，葛教授又被他喜愛的音樂所打斷。他調高音量，我們的對話就到此結束。我們喝杯葡萄酒吧！

原刊 *CHINESE LITERATURE TODAY*, VOL. 2, NO. 1, pp. 97-104, 2011
（中文版第一版翻譯為瀋陽大學史國強教授，本稿因事過境遷而多有修正）

【附錄五】

喜、怒、哀、樂

大約十四年前，我正要從臺灣回美國進舊金山州立大學研究院的時候，一位在臺灣師範大學國語教學中心的同學勸我早點去找許芥昱教授，把我讀書的計畫與目標跟他細談。我問他這位學者是怎麼樣的人，他說是個子矮矮、精神飽滿、留個早已變白的小鬍子，有點像胡志明，快五十歲了。不過，跟胡志明有個顯明的區別：許先生見人往往滿臉笑容，是個愛笑的人，不懂得什麼瞪眼吹鬚，也不會擺架子。

我認識許芥昱先生十四年，得到的結論跟這位同學說的完全一樣：許先生雖是一個不簡單的人物，但基本上始終放棄不了他對世界，特別是對年輕人的希望。他算很樂觀。

記得很清楚：兩年前許先生編的大著《中華人民共和國文學選集》的英譯版剛問世時，我們都在華盛頓開亞洲研究協會年會，許先生那三天真是又忙又高興，到處和朋友、同行說說笑笑，談書，送書，還不忘說明那本書是五十幾個人的集體作品。其實，許先生身兼編輯、譯者、校對者、設計者，為這本巨著花了一年多的時間，辛辛苦苦趕著把書弄好，按預定的日期出版。他一直認為，雖然在七年前他和他家人從國內出來，但他對祖國，特別是文藝界的人，負著很大的道義上的責任，而這本書正可以多多少少成全他這點心願。

我一九七三年從印第安納大學往東京的時候，經過舊金山停留了幾日，特地到許先生家裡去看他。這個家就是今年一月四日塌下來把主人壓死的房子。當時他從大陸回來才一、兩個禮拜。我一眼就看出他情緒很不好，心裡一定受到了什麼大打擊；人非常頹喪，說話時眼睛又紅又濕，眼淚不時往下流。我問他到底出了什麼事，他也不知道；是因為他的一本著作《周恩來傳》的關係，還是跟他家裡有關呢？

許先生幾年後發現：他出國後，在國內的親屬為他受了牽連，這消息在他心上留下一道深深的傷痕。一直到他去世那天，這案子還沒有水落石出；許先生還沒有得到平反。這是個很大的冤案。

不過像這樣子的事情到底是相當偶然的。要真正了解許先生，最好看他平日一些比較平凡的小「故事」。

我第一次在許老師的辦公室和他談天，兩個人先是聊一些有關中國文學的問題、學校的情況和我的計畫等等；他當時偶然望望窗外的情景，突然跳了起來，臉一下子變紅，轉身跑出門外，把我一個人留在辦公室內，不知所措。我擔心自己是不是說了什麼話教他那樣生氣。

不到三、五分鐘，他慢慢走回來，我雖然看得出他的氣已經消了不少，但還不敢問他到底是什麼令他煩惱。他開始輕輕埋怨道：「這樣不懂事的人活在世上有啥用！把好東西活活摧殘，不把任何東西、任何人放在心上，真自私！」我到底做錯了什麼？他這時忽然記起屋裡還有我在，有點不好意思卻還帶著些不高興的語氣把事情說出來：原來他往外看的時候，就瞧見一位小傢伙在草地上正想狠狠摘下許先生欣賞了好幾天的一朵紅花。許先生跑出去想喝住那個年輕人，但來不及了，人與花都不見了。

大約過了一年，有一天我跟許先生說，我因為想提高我的中文水平，在家裡寫了一篇小文，要請他過目。他立刻答應，把稿子拿到手上就走了。第二天下課後他叫我留下幾分鐘，要和我談談我那篇題目叫〈街坊公園〉的文章，描寫我在家裡附近每天與小女兒去玩的小公園。他雖然用紅筆改了一些錯誤，但他認為基本上寫得不錯，也許可以在臺灣發表。為了免得讓他感到我是個不自量力的小夥子，我當然滿口說：

「不敢，不敢，只不過是寫著玩兒的。」其實我心裡暗想：說不定真可以發表，真有點像朱自清的風格，臺灣讀者也許真會欣賞！許先生彷彿從我說出的話裡聽出我沒說出口的話，他馬上說：「好吧，讓我投到臺灣的《中央日報》去試試看。」

此後我因為功課忙，把「文章」的事全忘了。過了幾個星期，有一天許先生找我，說是《中央日報》把稿子退了，奇怪的是沒說明原因——一個字也沒提。我因為完全不懂文化圈的事，根本沒話說。但許先生認定情形不大對：他們退稿總該有個理由，接著自問難道跟他本人有關係？許先生或許想到他的《周恩來傳》在世界各地都受重視，臺灣也不例外；他於是立刻決定再投，而這次是先寄到臺灣的親戚那兒，請他轉寄到《中央日報》去。

他猜中了！不到兩星期葛浩文「上了報」，我的「文章」在《中央副刊》登出來了。許先生把消息告訴我的時候，很嚴肅地向我說這樣的話：「看來臺灣報紙的『屬稿主義』如今改成『屬人主義』。」他接著哈哈大笑。以後一提起這件事他還在笑，還跟別人說：「葛浩文的處女作差點給他老師害死了！真豈有此理！」

如今，我的老師，我的同事，我的朋友許芥昱教授離開我們了。今後，我一定會經常想起他更多的往事，想起他的喜、怒、哀、樂。

原刊《暖流》一九八二年五月

【附錄六】

記憶，說吧——記憶與回憶

據說納博科夫在其回憶錄《說吧，記憶》裡，借助「記憶的玩偶」回顧他過去的時光。我把這兩個詞顛倒過來，就是說先「記」才能「憶」，這裡需要強調「記憶」二字，說得更確切些，要強調「記誦」（memorization），並不僅僅是回顧過去，也是想借此探究背誦對學習中文有何幫助，同時分享四十年的中文文字戀，對我來說又意味著什麼。

不久之前，讀二〇〇四年諾貝爾文學獎得主愛麗絲・孟若（Alice Munro）的小說時，讀到了敘述人所謂的「寶貝」，她說她想起學校裡的一些老師，她們對自己教授的課程並沒有特殊感情，比方說某一個西班牙語言的老師，選擇西班牙文主要是旅行時方便，西班牙文不能算是她的寶貝。

真是值得深思的說法。

如前所言，我開始學習中文的時候，給自己定的目標不高，而且以實用為主；當然我得承認那些目標和學習成果對我幫助不小。但我能說中文是我的個人寶貝嗎？為了回答這個問題，並思考我的第二語言（以及我的第一語言）對我有何重要意義，我開始分析語言的方方面面，希望找出這一「寶貝」的特點。

根據我對「寶貝」這個詞和概念的理解，我覺得寶貝不是功利的，也不是為了達到某種目的的方法。相反的，它本身就是一種目的；不論其價值大小都值得珍惜。一個真正的寶貝與另一個還不夠稱為寶貝的東西相比，我們對二者的喜歡程度可能差別不大，而且後者也能讓你有意外的驚喜，但我們對二者喜歡的形式卻是大不相同的。

讓我們言歸正傳，回到中文這個話題。對我這代人來說，會說中文並不太重要；當我開始學中文時，漢學家的研究主要專注在哲學和古典文學作品上，基本上沒有必要學說中文，因此我當年的同儕裡，只有少數人能說一點中文，而且說得也不好，連軍中那些語言學校出身的也不例外。為數不多的人——比如傳教士的子女，他們生長在中國——能說流利的中文，但說得也是很簡淺的。可以數得出的有一、兩位努力不懈學中文的人，他們不但能用中文與中國人交談，而且說得相當流利。令人欣喜的是，上述情形已經大為改觀，眾多青年學者、學生和翻譯講起中文來不僅十分道地，而且說得很順，不會結結巴巴或者有洋涇濱的問題。我得承認當初我有大多數人沒有的優勢：起步階段是在說中文的環境裡，周圍的人總是鼓勵我講中文，學發音也不是從ＡＢＣ發展而來的拼音開始的，而是跟臺灣的孩子們一樣用注音符號學發音。這些當然都是很難得的，但現在回想起來，這個語言給我帶來難以形容的樂趣，很可能就是我持續不斷學習的最大推動力。

學習外語的成年人總要抱怨：語言課程初級班的材料，用來教孩子還可以，但怎能滿足相對來說成熟的、已有人生歷練的成年人？這是可以理解的。學習中文與其他語言大不相同，首先得掌握發音和四聲，另外，漢字與我們見過的許多語言都大不相同，如孩子般咿呀學語，自然就事倍功半。我最初的老師好像發現了這一矛盾，為了讓我保持興趣，繼續學習，就教我讀朗朗上口的材料。這些語言讀本能突顯出中文的聲調和韻律，即使不完全理解文字的含義也沒關係。

第一個，我花了很長時間才完全背下來的（主要借助注音符號），就是《三字經》，開始的幾句，我到現在還能背：

人之初，性本善。性相近，習相遠。

苟不教，性乃遷。教之道，貴以專。
昔孟母，擇鄰處。子不學，斷機杼。

剛開始背誦時，不過是聲音和韻律的組合，內容要到後來才慢慢理解。坐在教室裡，或是走在臺北的大街上，也常聽見其他外國人說中文，但不管他們的語言訓練到什麼程度，不知怎地，沒幾個人發音如同真正的臺灣人。問題出在聲調上，與母語是中文的人相比，外國人說中文最大的區別就在聲調上，哪怕後者在結構、發音、詞彙方面水平再高，也趕不上當地人。我發現，通過背誦可以訓練我的耳朵，進而幫助我模仿中國人說中文的聲調、口氣和神韻，儘量說得讓中國人聽不出來我是一個外國人，這是我當時給自己定下的學習目標。

後來，老師又給了我一份背誦材料，同時給我的還有閱讀、寫作、語法作業，我發現這些材料區別顯著。這一份不押韻，取材《禮記》，內容是所謂的「大同」或「理想的世界」。背誦這份材料我用了更長的時間，以我當時的發音來說，我身旁的人聽來，不是覺得好笑，就是感到不勝其煩。這份材料的韻律感和《三字經》大不相同，但功用還是一樣的，還是要培養良好的公民。

大道之行也，天下為公。選賢與能講信修睦。故人不獨親其親，不獨子其子，使老有所終，壯有所用，幼有所長，鰥寡孤獨廢疾者，皆有所養。男有分，女有歸。貨惡其棄於地也，不必藏於己；力惡其不出於身也，不必為己。是故謀閉而不興，盜竊亂賊而不作，故外戶而不閉，是謂大同。

三字一頓、韻律簡單的《三字經》被輕快的節奏所取代，因此我認為，這是專門寫出來讓人們背誦的。後來我聽說在臺灣，還配上了音樂讓學生們唱呢。

不過，還沒等我來得及學習更多材料，「我的大同世界」又變了方向。回到美國後，勉強能說兩種語言的我，好不容易進了一個研究所，平生第一次正式上中國文學課，教師是許芥昱教授，講的是古詩。一開始許教授就彷彿知道我愛背書的習慣，讓班上的學生都背唐詩——唐詩三百首大多數他自己憑記憶都能背誦——先背那些熟悉的短詩，大家齊聲朗誦。

第一首是所有的中國人都熟悉而且可以琅琅上口的李白的〈靜夜思〉：

床前明月光　疑是地上霜
舉頭望明月　低頭思故鄉

接下來是孟浩然的〈春曉〉：

春眠不覺曉　處處聞啼鳥
夜來風雨聲　花落知多少

那門課上還學了許多詩，我都一一背了（現在就不完全記得起來了）。後來，許教授給我們一個功課，或者可以說是一次機會，對我後來的日子產生了深遠的影響。他讓班上每個人選一首稍長的詩歌背誦。我從已經讀過的幾首詩裡選出一首喜歡的，李白的〈送友人〉，在我心中，無論是詩句結構或是感情抒發，這首詩都是完美的。

接下來的三年內，我先進入印第安納大學攻讀中國文學博士，後來得到傅爾布萊特的研究獎助金，旅日一年撰寫論文，就沒有多少空閒背誦，享受中文音韻的優美。

日語的節奏對我來說太容易了，學習的目的純粹是做研究，有助撰寫論文。但我發表的第一篇翻譯——散文大師朱自清的幾篇散文——能說明我為什麼比較喜歡背誦中文，而不是英語或日語的文章詩歌。朱自清的〈匆匆〉雖然不是巴哈的大合唱（cantata），但在我聽來旋律一樣優美。自己當老師以後，也常常要求學生儘量背誦。下面是〈匆匆〉開始的幾句，我至今未忘：

燕子去了，有再來的時候；
楊柳枯了，有再青的時候；
桃花謝了，有再開的時候。
但是，聰明的，你告訴我，
我們的日子為什麼一去不復返呢？
是有人偷了他們罷；那是誰？
又藏在何處呢？是他們自己逃走了罷；
現在又到了哪裡呢？

雖然在印第安納大學時因為博士班功課壓力而漸漸不常背誦，但我並沒徹底遺忘。以前背過的一些句子仍牢牢地印在我的腦海裡，繼續發揮神奇的作用。每當我想起杜甫〈春望〉的詩句，就彷彿又回到了羅郁正（Irving Lo）教授的唐詩課，回憶起我在美國中西部第一年的時光。回想到我最喜歡的一篇古文，柳宗元寫的〈種樹郭橐駝傳〉，就再次進入博士班第二年時柳無忌教授開設的散文研討班，再次想起了越戰，想起反戰的總統候選人麥高文（McGovern）競選總統，回想到如何學習法語。

四年之後，文憑在手，回到碩士班時的母校，舊金山州立大學任教。回校的第一天，許教授便問我是否還記得背過的那首唐詩。我不但沒有忘記，並且當場就背給他聽。第二天，我發現自己辦公桌上放著一幅許教授的親筆寫的書法，寫的正是那首詩的第一句；他的這幅墨寶從此成為我最珍貴的寶貝。

七年之後，北加州的一場暴風雨捲走了這位卓越的學者。他的房子在山坡上，暴雨沖刷土地，造成土石流，人人皆倉皇逃命時，他卻執意要進房子去搶救書畫，一次又一次的抱著一大疊字畫出來，最後，被壓在倒塌的房子下面，隨著房子被沖入海中而隕世。當時，我正在加州大學洛杉磯分校教書，匆匆返回舊金山，在悼念儀式上發言。我知道在那個情況下，沒有任何語言能表達我痛失良師益友的心情，無論如何努力都寫不出來。於是，我決定請唐朝的詩人代我表達哀思。下面是李白的那首詩：

青山橫北郭，白水繞東城。
此地一為別，孤蓬萬里征。
浮雲遊子意，落日故人情。

我抬頭用模糊的淚眼朝許芥昱教授放大的遺像望去，他是我的導師、同事、朋友。之後，我讀出了最後那兩句——

揮手自茲去，蕭蕭班馬鳴。

這兩句詩，尤其是令人傷感的「蕭蕭」二字，表達出我對芥昱先生英年早逝的悲傷，不僅如此，還勾起了當年我與他在一起的時光和往事，這兩句詩所蘊含的力量深深地打動了我，再次讓我深刻體會到「背書」的功能，不但讓歷代中國人受益不淺，也幫我表達語言無法形容的感情。背過的詩詞文章深深地印在腦海裡，儲存起來，在恰當的時候自然迸發出來。回憶與記憶融為一體。無論是順境還是逆境，我都能感到這一點，借助李白的詩歌，表達出對芥昱先生永不消散的緬懷，以及終生感謝他指引我走上人生大道。

為了不使結尾過分傷感或過分懷舊，我再提一、兩個想法。如我們所見到的，「背書」不僅僅是為了幫助我們克服學習外語時碰到的種種苦難。史景遷（Jonathan Spence）撰寫過一部大作，細談傳教士利瑪竇的「記憶宮殿」，凡是讀過這本書的人，當然包括所有背誦過莎士比亞、歌德或伏爾泰詩行的人，都可以證明背書能使人的才思敏捷，腦筋靈活，得以儲藏大大小小的寶貝，任何時候都唾手可得。這也能減輕老化的種種不快，將衰老轉化成回饋的過程，在這一過程中我們把幾十年間得到的和學來的與年輕的一代分享。我們通過養育孩子來報答我們的父母；我們通過教育我們的學生來報答我們的老師；我們篩掉事件的細枝末節留下精華；我們將藏書捐給母校，只留下一些適合我們心靈儲藏室的書籍。

人老了就會不斷失去或被迫放棄各種有形無形的東西，這樣的過程同樣也發生在語言上——無論母語還是外語——至少在我是如此。近來，要用的詞彙總是姍姍來遲，錯誤卻不請自來。從另一方面來說，如果我所寶貝的中文的特色發生了什麼變化，那就是發展出更深層次的感情。過去背誦的詩詞文章裡的字或詞，很多都已經不記得怎麼寫了，有的也會寫錯，但是借助聲音喚起所指的形象，我可以回味當時學這些詩詞文章的時光和情景，因此激發更多的回憶。

既然能用中文表達的比以前少了（必須用中文說的也少了），如果願意的話，單單重複那些我喜歡的文字，就會覺得樂趣無窮，似乎是有時光機器的功用帶我回到過去。

我從背誦中得到了樂趣，這個習慣與我相伴多年，的確是我的寶貝。我總是愛高聲背誦，而且旁若無人。所以，要是有一天，你們發現我在大街上自言自語，你們可以說：「他在寶庫裡和李白舉杯邀明月呢。」

（本文中文翻譯原為瀋陽師範大學史國強教授，因部分與回憶錄正文有重複之處或事過境遷而有所刪減修改）

【附錄七】

此POW非彼POW——論中文小說書名英譯

葛浩文
林麗君

前言：兩年前六月底到香港開「兩岸四地——世界華文文學前瞻」講座時，蒙《明報月刊》總編潘耀明兄邀稿，希望我們為月刊寫點有關翻譯方面的小文章，盛情難卻，就答應從翻譯華文小說時碰到的第一個議題——小說書名英譯——談起。本書收入的是增修過，加了幾個例子。另外，要說明一下，為避免有臧否他人之嫌疑，採用的例子大多數來自我們或合譯或單獨翻譯的作品，讀者可別以為我們得了大頭病或過度自戀。

毫無疑問的，書名是吸引讀者注意力的重要關鍵之一，但是華文小說的書名不一定可以完全直譯，即使可以直譯，有時候譯成英文可能沒有意思，或者讓英文讀者莫名其妙。下面就幾個例子討論如何／為何翻譯。

一、可以直接翻譯的華文書名，當然是最省時省事的。例如，朱天文的《荒人手記》——Notes of A Desolate Man，蕭紅的《商市街》——*Market Street*，王禎和的《玫瑰玫瑰我愛你》——*Rose, Rose, I Love You*，蘇童的《我的帝王生涯》——My Life As Emperor。

二、只須稍加修改的：李昂的《殺夫》——*The Butcher's Wife*。有人翻成 **Husband Killing，Killing Husband**。從字面看來，當然後面兩個比較符合原文書名，但是十分拗口，而且看起來實在有點洋涇濱。蕭紅的《呼蘭河傳》——*Tales of Hulan River*。傳，一詞十分棘手，一般人直覺的反應是傳記，不過諸位讀者大概知道魯迅的《阿Q正傳》，楊憲益及戴乃迭夫婦翻譯為「*The True Story of Ah Q*」，即是闡釋故事內容的譯法。莫言的《紅高粱家族》譯為 *Red Sorghum*，讀起來朗朗上口，有現當代中國文學學者大概是為了實事求是，譯為 Red Sorghum Family，也無可厚非，只是稍微冗長。

三、由於各種原因必須修改的書名。阿來的《塵埃落定》——*Red Poppies*。聽說某些讀者不太滿意，因為與原來的題目相差過大，而且紅罌粟花只在小說後半部出現，無法涵蓋整部作品。但是，按照字面來翻，則應該是 The Dust Settled，或 The

End。出版社認為兩者都沒有太大的意思，無法吸引讀者。另外，英文出版社的編輯也怕讀者「神經比較脆弱」無法接受如此消極的書名。比方，虹影的《饑餓的女兒》，照中文字面應該可以直接翻譯成 Daughter of Hunger，但出版社希望換一個比較「美麗」的書名，最後是以 *Daughter of the River* 出版。

莫言的《檀香刑》，也是個難題，直譯是 Sandalwood Torture 或 Sandalwood Punishment，但事實上，中文的「刑」其實指的是處死的方法，而不是刑罰。因此最後決定採用 *Sandalwood Death*。畢飛宇的《玉米》，是由三個中篇連接而成，講述王家的三個女兒，玉米，玉秀和玉秧。中文本來的書名就有點偏頗（因為只提到其中一個女兒），要翻譯成英文就更麻煩了，直接翻成 Yumi 是不可能的，不但完全無法給英文讀者提供任何內容的消息，而且更可能讓人誤以為是日文。最後乃仿照法文版的 Trois Soeurs，譯為 *Three Sisters*（三姊妹）。李永平的《吉陵春秋》，中文聽起來韻味十足，英文可不容易。春秋表面的意思是spring and autumn，引申義為 annals，翻譯成 Spring and Autumn in Jiling 或 The Annals of Jiling 麼，恐怕讓英文讀者莫名其妙（他們大概不清楚 annals是什麼），出版社後來建議用 *Retribution: A Chronicle of Jiling*，也算是兼顧到原文書名和小說內容了。李昂的《迷園》，以 *The Lost Garden*

出版，也是經過苦思冥想。這本小說在學術界十分受重視，有不少學者研究並發表論文，文中小說的英文名字經不同學者翻譯成 **The Mystery Garden**、**The Labyrinthine Garden**、**The Strange Garden**，顯示每個學者研究關注的重點不一，最後我們徵求作者的同意後決定採用 *The Lost Garden*，主要也是著重於簡單好讀，另一方面也希望 **Lost** 可以傳達小說所涉及的種種。如朱影紅的父親朱祖彥失去的台灣；朱影紅那一輩的台灣商人燈紅酒綠極盡奢華，也算是迷失了；而花園眾多小徑撲朔迷離，讓人容易迷路；等等。

一言以蔽之，書名要兼顧內容並能吸引讀者的注意，有時中文書名英譯後，還是無法同時符合這兩個要求，就必須捨原書書名。劉震雲的《我不是潘金蓮》，如果直接翻譯成 **I'm not Pan Jinlian**，恐怕英文讀者要莫名其妙，作者的意思是書名裡的潘金蓮就是暗指賤貨之意，是否可以翻成 **I'm not a Slut**，但英文出版社絕對不可能接受的。結果就是引申意思，潘金蓮在《水滸傳》裡不是謀殺親夫嗎？那麼，不是潘金蓮就是沒有殺害丈夫，最後以 *I Did Not Kill My Husband* 出版。有讀者抱怨，她原來以為是懸疑小說，感覺上當了，但她也說其實小說她滿喜歡的，就是被書名誤導了。劉的另一本《我叫劉躍進》也有類似問題，最後也是按照故事內容重新命名為 *The Cook,*

The Crook, and the Real Estate Tycoon，出版社還頗為讚賞其鏗鏘有力，又有點俏皮，符合作者的寫作風格。

莫言的《四十一炮》也令人頭痛。Forty-one Bombs，Forty-one Shots，Forty-one Canons，等等，好像都不太有力。想來想去，改來改去，最終決定用 *POW!*，因為美國漫畫書裡開槍或打人都是用 POW!，而且聽起來跟中文的「炮」幾乎同音，出版社的老闆拍手稱好，當然我們也很得意，不過美國大部分的讀者可能會聯想到 Prisoner of War（簡稱為 POW，即戰俘），只好對他們說此 POW 非彼 POW 啦！

葛浩文簡表

一九三九年

出生在美國加州長堤市（Long Beach）。祖父早年移民美國。父親出生在紐約州，母親來自南達科達州。

一九六一年

長堤州立大學（Long Beach State College）畢業，此校一九六四年更名為加州立大學長堤分校（California State University, Long Beach）。

一九六一年

入美國海軍軍官訓練學校（Officer Candidate School，位於東岸羅德島）。

一九六二年

派駐位於臺北劍潭的中美協防司令部。

一九六五年

派駐位於臺北的美軍顧問團。

一九六九年

入舊金山州立大學（San Francisco State University）就讀中國文學碩士班。

一九七一年

入印第安納大學（Indiana University）就讀中國文學博士班。

一九七三—七四年

獲傅爾布萊特獎學金（Fulbright Scholar）赴日於京都大學做博士論文研究。

一九七四年

以A Literary Biography of Hsiao Hung的論文獲得博士學位。

同年八月，以助理教授聘任於舊金山州立大學中文系。

一九七五年

翻譯蕭紅的《呼蘭河傳》，及黃春明的〈莎喲哪啦·再見〉等作品，後者發表在《中華民國筆會季刊》。

一九七六年

英文版《蕭紅》（出版社G.K. Hall & Co., 英文名*Hsiao Hung*）問世。

四月，臺北召開「第四屆亞洲作家大會」，發表演講，題為〈文學與翻譯家〉（Literature and Translator）。

一九七八年

與殷張蘭熙（Nancy Ing）合譯陳若曦的小說集《尹縣長》出版（印第安納大學出版社出版，英譯名 *The Execution of Mayor Yin and Other Stories from the Great Proletarian Cultural Revolution*）。

一九七九年

《蕭紅評傳》經香港文藝書屋譯成中文出版。

同年，英譯蕭紅《生死場》和《呼蘭河傳》出版（印第安納大學出版社，英譯名分別是 *The Field of Life and Death* 和 *Tales of Hulan River*）。

同年，在舊金山州立大學升等為副教授。

二月，在德州大學「臺灣小說研討會」上發表演講，題為〈黃春明的鄉村故事〉（*The Rural Stories of Huang Chun-ming*）。

三月，在加州大學洛杉磯分校發表演講，題為〈我看臺灣鄉土文學〉（*Reflections on Taiwan Regional Literature*）。

一九八〇年

《蕭紅評傳》在臺灣再版。初訪大陸，經蕭乾引薦，在北京與舒群、羅烽、白朗、馮牧等作家相見，其中不乏蕭紅昔日故舊。後赴哈爾濱，走訪蕭紅就讀的第一女子中學和道里商市街等與蕭紅有關的地方，又到呼蘭縣尋訪蕭紅故居。

黃春明的《溺死一隻老貓》英譯出版（印第安納大學出版社，英譯名 *The Drowning of an Old Cat*），其中收入〈魚〉、〈溺死一隻老貓〉、〈兒子的大玩偶〉、〈鑼〉、〈癬〉、〈蘋果的滋味〉、〈兩個油漆匠〉、〈莎喲哪啦．再見〉等小說。

八月，在哈爾濱發表文章，題為〈蕭紅在西方世界〉。

〈黃春明的鄉村故事〉一文收入《來自臺灣的中文小說：批評角度》（*Chinese Fiction from Taiwan: Critical Perspectives*, Indiana University Press 出版）。

一九八一年

任加州大學洛杉磯分校中文系訪問教授一年（至一九八二年）。

三月，在多倫多發表題為〈臺灣文學在大陸〉（*Taiwan Literature in the PRC*）的演講。

同年，《漫談中國新文學》（*Essays on Modern Chinese Literature*）文集經香港文

學研究社出版。編輯並撰文的《一九八〇年代的中國文學：第四屆文代會》（*Chinese Literature for the 1980s: The Fourth Congress of Writers and Artists*）在紐約經 M.E. Sharpe 出版公司出版。

一九八二年

英譯《蕭紅短篇小說選集》出版（外文出版社Chinese Literature Press, 英譯名 *Selected Stories of Xiao Hong*）。

英譯蕭紅〈朦朧的期待〉（*Vague Expectations*）收入六月英文版《中國文學》。

一九八三年

兼加州大學柏克利萊校客座中文副教授。

三月，在加拿大英屬哥倫比亞大學演講，題為〈現當代中國文學〉（*The Modern and Contemporary Periods in Chinese Literature*）。

四月，應美中人民友好協會之請在舊金山發表題為〈當代中國文學〉（*Contemporary Chinese Literature*）的演講。

合編並撰稿的紀念文集《永不消失的餘韻：許芥昱印象記》經香港廣角鏡出版。

發表〈蕭紅絕筆？〉（〈七十年代〉第一期）、〈黑暗之舞〉（《世界日報》五月十六日）、〈黑蓮花的故事〉（《中國時報》六月七日）、〈文壇交遊錄末一章〉（《聯合報》七月三日）及〈捨三個中兩個〉（《中國時報》九月十一日）等文章。

與劉紹銘合譯袁瓊瓊的〈無法形容〉（〈*Beyond Words*〉）發表于《中華民國筆會季刊》的夏季號上。

英譯黃春明〈我愛瑪麗〉（〈I Love Mary〉）收入劉紹銘的《薪火相傳：一九二六年以來的臺灣小說選》。

一九八四年

創辦雜誌《中國現代文學》（*Modern Chinese Literature*），出版十卷停刊，後於一九九八年由他人接班更名為《中國現代文學與文化》（*Modern Chinese Literature and Culture*）。兼任舊金山州立大學現代中國文學中心主任（至一九八八年）。

楊絳《幹校六記》英文翻譯出版（華盛頓大學出版社、香港中文大學合出，英文譯名 *Six Chapters from My Life "Downunder"*）。

升等為舊金山州立大學中文系正教授。

中文文集《弄斧集》出版。

一九八五年

《蕭紅評傳》經北方文藝出版社再版。

一九八六年

《蕭紅評傳》在香港再版。

蕭紅《商市街》英譯出版（華盛頓大學出版社，英文版譯名 *Market Street: A Chinese Woman in Harbin*）。

李昂的《殺夫》翻譯出版（出版社 North Point, 英譯名 *The Butcher's Wife*）。

六月，在西德根茨堡發表演講，題為〈李昂的性愛小說〉（*Li Ang's Sexual Fiction*）。

十月，在哈爾濱發表演講，題為〈當代臺灣小說〉。

十二月，在漢城發表題為〈孫陵發自長春的報告文學〉（*Sun Ling's Reportage from Changchun*）的演講。

一九八七年

七月，在臺北發表題為〈孫陵發自長春的報告和東北的文學遺產〉的演講。

《蕭紅的商市街》在臺灣出版。

一九八八年

端木蕻良《紅夜》英譯出版（出版社 Panda Books, 英譯名 *Red Night*）。

同年，離開舊金山，前往科羅拉多大學執教。

編輯出版《瞎子阿木——黃春明選集》（香港九龍文藝風出版）。

一九八九年

張潔小說《沉重的翅膀》英文翻譯出版（出版社 Grove Weidenfeld, 英譯名 *Heavy Wings*）。

一九九〇年

白先勇《孽子》英譯出版（出版社 Gay Sunshine Press, 英譯名 *Crystal Boys*）。

翻譯劉賓雁《中國的危機，中國的希望》出版（哈佛大學出版社，英文版譯名 *China's Crisis, China's Hope*）。

翻譯艾蓓的《紅藤綠地母》出版（出版社 Peregrine Smith，英譯名 *Red Ivy, Green Earth Mother*）。

編輯並撰文《不同的世界：當代中文寫作及其讀者》（*Worlds Apart: Contemporary Chinese Writing and Its Audiences*）在紐約出版，其中收入葛浩文的〈性

愛與社會：論李昂的小說〉（〈*Sex and Society: The Fiction of Li Ang*〉）一文。

一九九一年

賈平凹的《浮躁》英譯（路易斯安那州立大學出版社 LSU Press，英文版譯名 *Turbulence*）。

一九九二年

獲美國國家文藝基金會翻譯獎助，翻譯莫言《紅高粱家族》。

一九九三年

莫言《紅高粱家族》英譯在美英同時出版（出版社 Viking，英文版譯名 *Red Sorghum*）。

一九九四年

劉恒《黑的雪》英譯出版（出版社 Atlantic Monthly Press，英文版譯名為 *Black Snow*）。

一九九五年

李昂《殺夫》再版，取名《殺夫及其他故事》（出版社 Cheng and Tsui Company, 英文版譯名 *The Butcher's Wife and Other Stories*）。

馬波的自傳小說《血色黃昏》翻譯出版（出版社 Viking，英譯名 *Blood Red Sunset*）。莫言的《天堂蒜薹之歌》英譯出版（出版社 Viking，英譯名 *The Garlic Ballads*）。

編輯並撰序《毛主席一定會不高興》出版（出版社 Grove Press，英文名 *Chairman Mao Would Not Be Amused*）。

英譯蘇童的《米》（出版社 William Morrow，英譯名 *Rice*）。

與劉紹銘合編《哥倫比亞現代中國文學選集》出版（哥倫比亞大學出版社出版，英文名 *The Columbia Anthology of Modern Chinese Literature*）（二〇〇七年再版）。

一九九六年

古華的《貞女》英文翻譯出版（夏威夷大學出版社，英譯名 *Virgin Widows*）。

英文版《天堂蒜薹之歌》、《米》和《血色黃昏》收入企鵝現代經典叢書再版。

一九九七年

王朔《玩兒的就是心跳》英文版出版（出版社 William Morrow，英譯名 *Playing for Thrills*）。

李銳的《舊址》英譯出版（出版社 Metropolitan Books，Henry Holt，英譯名 *Silver*

City）。

一九九八

王禎和的《玫瑰玫瑰我愛你》出版（哥倫比亞大學出版社，英譯名 *Rose, Rose, I Love You*）。

一九九九年

虹影《饑餓的女兒》英文翻譯出版（出版社 Bloomsbury，英文版譯名 *Daughter of the River*）。

與林麗君合譯朱天文小說《荒人手記》出版（哥倫比亞大學出版社，英譯名 *Notes of a Desolate Man*）。《荒人手記》英譯獲美國文學翻譯者協會（American Literary Translators Association）年度翻譯獎。

與孔海立合譯巴金《第四病室》出版（出版社 China Books，英文譯名 *Ward Four: A Novel of Wartime China*）。

二〇〇〇年

莫言《酒國》英譯出版（出版社 Arcade Publishing，英譯名 *The Republic of Wine*）。

王朔《千萬別把我當人》英譯出版（出版社 Hyperion，英譯名 *Please Don't Call Me Human*）。

二〇〇一年

黃春明的短篇小說集《蘋果的滋味》出版（哥倫比亞大學出版社，英譯名 *The Taste of Apples*）。

劉恒的《蒼河白日夢》英譯出版（出版社 Grove Press，英文版譯名 *Green River Daydreams*）。

莫言的小說集《師傅越來越幽默》翻譯出版（出版社 Arcade Publishing，英譯名 *Shifu, You'll Do Anything for a Laugh*）

二〇〇二年

從科羅拉多大學（University of Colorado）轉入聖母大學（University of Notre Dame），以研究教授身分任職東亞語言與文化系至二〇一一年。

與林麗君合譯阿來《塵埃落定》出版（出版社 Houghton Mifflin，英譯名 *Red Poppies*）。

在《華盛頓郵報》上發表〈寫作生活〉（*The Writing Life*）。

秋，任愛荷華大學中文客座教授，教授翻譯。

二〇〇三年

與林麗君合譯李永平《吉陵春秋》出版（哥倫比亞大學出版社，英譯名 *Retribution: Jiling Chronicles*）。

十月，在臺北〈柏楊作品國際研討會〉上演講，題目〈小說柏楊〉（*Bo Yang and Fiction*）。

二〇〇四年

春樹《北京娃娃》英譯出版（出版社 Riverhead，英譯名 *Beijing Doll*）。

莫言《豐乳肥臀》英譯出版（出版社 Arcade Publishing，英譯名 *Big Breasts and Wide Hips*）。

二〇〇五年

蘇童《我的帝王生涯》英譯出版（出版社 Hyperion，英譯名 *My Life as Emperor*）。

中英對照版的蕭紅的《染布匠的女兒》（香港中文大學出版社，英譯名 *The Dyer's Daughter: Selected Stories of Xiao Hong [bilingual]*）。

與林麗君合譯施叔青的《香港三部曲》出版（哥倫比亞大學出版社，英譯名 *City of the Queen*）。因出版社限制篇幅，《香港三部曲》三部濃縮成一部。

二〇〇六年

極短篇選集《喧吵的麻雀》英譯出版（哥倫比亞大學出版社，英文原名 *Loud Sparrows*），與穆愛莉（Aili Mu）、Julie Chu 共同翻譯、編輯。

二〇〇七年

朱天心的《古都》英譯出版（哥倫比亞大學出版社，英譯名 *The Old Capital*）。

蘇童的《碧奴》英譯出版（出版社 Canongate，英譯名 *Binu and the Great Wall*）

與林麗君合譯畢飛宇的《青衣》出版（出版社 Telegram Books，英譯名 *Moon Opera*）。

姜戎的《狼圖騰》獲首屆曼氏亞洲文學獎（Man Asian Literary Prize）。

二〇〇八年

任聖母大學亞洲研究中心主任（至二〇一一年）。

英譯《狼圖騰》出版（出版社 Penguin，英文版譯名 *Wolf Totem*）。

莫言的《生死疲勞》英譯出版（出版社 Arcade Publishing，英譯名 *Life and Death*

Are Wearing Me Out）。

張煒的《古船》英譯出版（出版社 Harper Collins，英譯名 *The Ancient Ship*）。

獲香港公開大學授予榮譽文學博士。

二〇〇九年

蘇童《河岸》英譯出版（出版社 Transworld Publishers，英譯名 *The Boat to Redemption*），獲曼氏亞洲文學獎。

與林麗君合譯畢飛宇的《玉米》出版（出版社 Telegram，英譯名 *Three Sisters*）。

獲古根漢基金會（Guggenheim Fellowship）資助英譯莫言小說《檀香刑》。

莫言的《生死疲勞》獲首屆紐曼華語文學獎（The Newman Prize for Chinese Literature）。

任《今日中國文學》（*Chinese Literature Today*）首席編輯顧問。

二〇一〇年

莫言回憶錄《變》英譯出版（出版社 Seagull Books，英譯名 *Change*）。

重譯老舍《駱駝祥子》出版（出版社 Harper Collins，英譯名 *Rickshaw Boy*）。

與林麗君合譯的畢飛宇的《玉米》獲曼氏亞洲文學獎。

二〇一一年

英譯劉震雲《手機》出版（出版社 Merwin Asia，英譯名 *Cell Phone*）。

赴哈爾濱出席蕭紅誕辰百年紀念活動，獲首屆蕭紅文學獎。

與林麗君合編的中國當代詩歌中英對照選集《推開窗戶》（*Push Open the Window*）出版。

二〇一二年

莫言《檀香刑》英譯出版（奧克拉荷馬大學出版社，英譯名 *Sandalwood Death*），《華爾街日報》發表節譯。

莫言《四十一炮》英譯出版（出版社 Seagull，英譯名 *Pow!*），《紐約客》發表節譯。

英譯莫言的諾貝爾領獎演說。

二〇一三年

與林麗君合譯阿來的《格薩爾王》英譯出版（出版社英國 Canongate 公司出版，英譯名 *The Legend of King Gesar*）。

《黃春明短篇小說選集》英譯出版（出版社香港《譯叢》，英譯名 *Huang*

Chunming: Stories）。

二〇一四年

獲倫敦大學授予榮譽文學博士。

與林麗君合譯劉震雲《我不是潘金蓮》英譯出版（出版社 Arcade，英譯名 *I Did Not Kill My Husband*）。

與林麗君合譯畢飛宇的《推拿》英譯出版（出版社 Penguin，英譯名 *Massage*）。

莫言《蛙》英譯出版（出版社 Penguin，英譯名 *Frog*）。

二〇一五年

莫言《透明的紅蘿蔔》英譯出版（出版社 Penguin，英譯名 *Radish*）。

與林麗君合譯劉震雲的《我叫劉躍進》英譯出版（出版社 Arcade，英譯名 *The Cook, the Crook, and the Real Estate Tycoon*）。

韓寒的《一九八八年：我想和這個世界談談》英譯出版（出版社 Amazon，英譯名 *1988: I Want to Talk with the World*）。

九歌文庫 1207

從美國軍官到華文翻譯家

葛浩文的半世紀臺灣情

作者	葛浩文（Howard Goldblatt）
編者	林麗君
責任編輯	蔡佩錦
創辦人	蔡文甫
發行人	蔡澤玉
出版發行	九歌出版社有限公司 臺北市105八德路3段12巷57弄40號 電話／02-25776564・傳真／02-25789205 郵政劃撥／0112295-1
九歌文學網	www.chiuko.com.tw
印刷	晨捷印製股份有限公司
法律顧問	龍躍天律師・蕭雄淋律師・董安丹律師
初版	2015（民國104）年 12月
定價	320元

書號	F1207
ISBN	978-986-450-027-7

（缺頁、破損或裝訂錯誤，請寄回本公司更換）

國家圖書館出版品預行編目資料

從美國軍官到華文翻譯家 / 葛浩文（Howard Goldblatt）著. -- 初版.--
臺北市：九歌, 民104.12
272面 ；14.8×21公分. --（九歌文庫；1207）

ISBN 978-986-450-027-7（平裝）

874.6 104021120